白秋期
地図のない明日への旅立ち

五木寛之

日経プレミアシリーズ

地図のない明日への旅立ち――まえがき

人生五十年といわれた時代があった。そのころ、青春（せいしゅん）、朱夏（しゅか）につづく白秋期（はくしゅうき）は、晩年（ばんねん）の少し手前の、おだやかで静かな季節のイメージだったと思う。

仕事や、家庭や、さまざまな社会的活動から身を引いて、これまでの人生をふり返る時期と考えられていたのである。

しかし、今はちがう。人生百年という言葉は、すでに目前にせまっている現実だ。五十歳を過ぎて、さらに五十年の明日が待ちうけている。それは人間の歴史はじまって以来の出来事である。

その未来に地図はない。私たちは手さぐりで、さらなる五十年を生きなければならないのだ。

人生を、青春、朱夏、白秋、玄冬（げんとう）の四つの時期に分けて考えれば、白秋期とは五十歳から七十五歳あたりまでの二十五年間である。その季節を私たちはどう生きるのか。

白秋期は晩年ではない。フィジカルにはさまざまな問題を抱えていたとしても、いまの五十歳から七十五歳までの時期は、むしろ人生の収穫期（ハーベスト・タイム）ではないかと、私は思う。

5
地図のない明日への旅立ち

無駄なエネルギーを消費せずに、合理的に冷静に歩いていく。周囲を眺める余裕もある。さまざまな経験もつんでいる。そして新しい物事を学ぶ気力や好奇心も衰えてはいない。

自分自身をふり返って見ても、五十歳から七十五歳までの白秋期は、もっとも自分らしく生きることができた最良の季節だったような気がする。

鴨長明が山林に隠棲したのは、五十歳の頃だった。人生五十年の時代のことだから、いまでいうなら最晩年の百歳前後にあたる。

いま高齢者と呼ばれるのは、七十五歳以上、百歳あたりまでの人びとだろう。私たちは五十代から七十代半ばまでの二十五年間を、人生の黄金時代として考えなければならない。

なにも人を驚かせるような、目立ったことをするのが白秋期の目標ではないだろう。実りは静かにやってくる。それを大切に育てるのが白秋期の仕事だ。

それぞれの白秋期を生きる何かのヒントにでもなれば、というのが、この本にこめられたひそかな願いである。白秋期を人生の収穫期とするために、地図のない旅へ旅立つ人びとに、ささやかなエールを送りたいと思う。

著者

目次

1章　白秋期は人生の黄金期（アクメ）

——六十代からはじまる黄金時代

2章　たかがお金、されどお金
——脱仕事主義のすすめ

3章　長寿は幸福に能わず

――病院に依存しない生き方のすすめ

4章 ことわざの効用
——巧言令色のすすめ

5章　孤独のユートピア

——慣習の絆(きずな)を断ち自由に生きる

1章

白秋期は人生の黄金期（アクメ）

——六十代からはじまる黄金時代

黄金期(アクメ)は人生の後半に訪れる

アクメという言葉があります。生物の進化の頂点をしめす言葉らしい。美術史では「ルネサンスの最盛期(アクメ)」などと表現するらしい。むかし私は、恥(は)ずかしながら官能小説の用語かと思っていました。最近になって知ったのですが、このアクメは「全盛」とか「最良の時期」とか「花の盛りのころ」とか、そんなギリシアのことばを語源とするようです。

要するに、クライマックスとか、「黄金期(アクメ)」ということらしい。

黄金期(アクメ)を自然の営みに転ずれば、実りと収穫の季節の秋、すなわち「白秋期(はくしゅうき)」と考えてもいいでしょう。人間の年にすれば、だいたい五十歳前後だろうと、これまで思っていました。「人生五十年」というのが常識の時代だったのです。

しかし、最新の生命科学の研究によれば、人間の自然寿命はどうやら百年ぐらいあって、しかも医学や医療の進歩で、多くの人びとが、その自然寿命をまっとうする時代になるというのです。

百歳といえば、私の子供のころは仙人のような存在で、治外法権の世界と考えてきました。それが、百歳人生が常識となる日が、目前に迫っているという。こうなると当然、人生の黄金期（アクメ）の考え方にも、変更を求められることになります。

私はこれからの人生の黄金期（アクメ）、すなわち「白秋期」は急激に引き上げられて、六十代、七十代になっていくと考えるようになりました。六十、七十といえば、老人というのがこれまでの常識です。それが、昨今のこの年代の人びととの行動様式を観察していると、この年代こそがアクメと化しているとさえ思うようになりました。

たとえば親鸞（しんらん）は、八十歳を超えてから、数多（あまた）の著作や、和讃（わさん）を残しました。この活動期は、親鸞にとってのアクメ、黄金期であったと私は考えます。親鸞は例外的だとしても、いま人生のアクメが六十代、七十代であっても、なんの不思議もありません。ナチュラル・エイジングと言ってもさしつかえないでしょう。

ただ、つい昨日まで「人生五十年」といわれていたのが、突然、明日から「人生百年」の時代だといわれても、私たちにはなんの準備もできていません。目の前に不安があるだけです。その不安を読者とともに考えていこうと思って書いたのが『百歳人生を生きるヒント』（日経プレミアシリーズ）でした。

私は、いま「人生五十年」時代の価値観、思想、文化、教養すべてに大転換が迫られている、それは産業革命や、ロシア革命など問題にならないほどの、大革命の時代になる可能性があると思っています。その勢いはどんどん加速していくばかりで、不安は、ますます重くのしかかってきていると、私は感じています。

「世間虚仮」と深いため息をついて死んだ聖徳太子のころと、私たちの生きる現代と、どちらが人の世の苦しみや不安は深く重いか。その比重は、まったく同じではないかと私は思います。

人生の苦しみの総量は、文明の進歩と関係なく一定です。昔の人がいまの私たちより幸せだったなどとは、私は思いません。平安時代と、江戸時代と明治や大正のころと、そして最先端テクノロジーの時代のいまと、人間の営みはほとんど変わっていない気がすると、これまで考えてきました。

しかし、人生五十年の倍の、百年の人生という大革命を迎えているいま、その結論は果たして有効だろうか。後半の五十年の人生には、健康、経済（お金）、老後の孤独といった「3Kの問題」が待ちうけています。そのことを、読者とともに、この本で考えてみたいと思っています。

少子高齢化社会がひろがるなかで、圧倒的多数の人口を占める「白秋期」を生きる人びとにむけて、私はこう呟やいています。

「白秋期」とは、「地図のない明日への旅立ち」の季節である、と。

年齢でなく「季節」を生きる人生観

中国には、古来より、

青春（せいしゅん）
朱夏（しゅか）
白秋（はくしゅう）
玄冬（げんとう）

と、人間の一生を自然の移りかわりになぞらえ、人生を四つに区分する考え方があります。五行説に由来するという。年齢ではなく、季節で人生をとらえる考えです。

青春からはじまる、この人生の季節の分けかたとはちがって「玄冬」がはじまりだという説もあります。

私の父親は国語と漢文の教師をしていたのですが、玄冬というのは、生まれたばかりの、まだ何もわかっていない幼い子供のことで、生命の芽生えがそこから生まれてくるということを、よく言っていました。

けれども、私はやはり、最初に玄冬を持ってくるよりは、最後に持ってきたほうが、落ち着くような気がします。

「青春」というのは、言うまでもなく若々しい成長期。恋愛憧憬期。

「朱夏」は真っ赤な夏。社会に出て、働き、結婚して家庭を築く。子供を教育し、そして社会的貢献（こうけん）を果たす。人間の活動期、フル回転の季節です。人生五十年時代は、この季節が黄金期（アクメ）と考えられていました。

その次の季節が白秋です。

「白秋」は、フル回転からシフト・ダウンし、人生のひととおりの役割を果たしたあと、生々しい生存競争の世界から離れ、自由の身となり、秋空のようにシーンと澄（す）み切った静かな境地に暮らす時期。同時にこれまでの生き方をリセットし、新境地で活動する時期と考えられます。

これが、本来の白秋という季節の生き方です。自由自在に、自分本位に生きる季節です。言うならば寛（くつろ）ぎと充足と成熟の歓びを得る、人生のハーベスト・タイムなのです。

「百歳人生」に照らしてみると、およそ人生後半の五十代から七十代後半までの二十五年間ぐらいが、いま実質的な「白秋期」と考えていいでしょう。この期間が現代人にとっての、人生最大の黄金時代(アクメ)ではないでしょうか。

もちろんこれは、あくまで目安(めやす)であって、健康寿命のように、人によって個人差があると思います。

白秋につづく季節が「玄冬」。この時期がほんとうの老年期、最晩年かもしれません。

日本では、昔から六十歳を還暦(かんれき)といって、赤いチャンチャンコを着せて祝ってきました。数歳(かぞえどし)六十一歳で、ふたたび生まれた年の干支(えと)にもどるという意味らしい。

さらに七十歳は古希(こき)として、紫のチャンチャンコを着せて祝いました。

「人生七十古来稀(こらいまれ)」

中国唐代の詩人、杜甫(とほ)の詩によりますが、かつて七十歳を迎えて長生きするということは「稀(まれ)」なことでした。仕事やあらゆる社会活動から引退している年ごろでしたし、貧しい農村では山に捨てられることもありました。

深沢七郎さんの小説『楢山節考』は、甲州の山奥の村の、昔の姥捨の風習を描いたものです。息子に背負われて山に捨てられに行く母親の年齢は六十九歳。六十九歳が、厄介な老人と思われていたのです。「人生五十年」というのが常識の時代でした。その常識が、すっかり変わってしまったのです。

白秋期は自分本位で生きるとき

最初に、私は白秋期を、「地図のない明日への旅立ち」の季節と考える、と主張しました。私たちは「人生百年」時代という、未曾有の歴史的大転換の扉を開け、未知の時代を歩みはじめたからです。もう「人生五十年」の常識が通用しない。では、この黄金期をどう生きればいいのか？

かつて人生五十年といわれた時代には、人は大まかに自分なりの人生の設計図を持つことができました。先人や先輩の助言、故人の生き方からも学ぶことができました。

けれども、突然やってきた「人生百年」時代に、いま白秋期を生きる人びと、六十代、七十代の人たちは、自分の人生の設計図がありません。自分はこの先どこへ行くのか。これまでの人生は何であったのか。当然、不安になります。

人間は、なんのために働くのだろうか。それは生きるためである。

では、生きるために働くとすれば、生きることが目的で、働くことは手段にほかならない。いま私たちは、そこが逆になっているのではないか、と感じる方も多いでしょう。

自分の人生を、自分以外のもののために擦り減らしてきたのが、これまでの人生です。もちろん、家庭を持ったり、子供の教育など社会的責任や義務もありました。しかし、一生涯それでいいのだろうか。

私はそうは思いません。やがて人は独りになる、この世にたった一人しかいない、自分という存在を愛しみ、いちばん大切にする、それは決してわがままとはちがいます。

自分を大切にできない人が、他人を大切にすることができるだろうか、と、私は思います。

先ほど、「白秋期」は、自分本位に生きる季節と言いましたが、それは単なるエゴイズムとはちがいます。そうではなくて、縁あってこの世に生まれ落ちた生命を、何よりも大切にする。生命の尊さに気づき感謝する。生命に感謝するということは、この生命を、思う存分、自分らしく生きることです。それが生命の最大の収穫ではないでしょうか。

白秋期は、これまでの社会的束縛から自由になれる季節です。五十代後半から、六十代、七十代と、二十五年もつづくこの季節は、ふり返ってみると、私にとって、幸運にも人生最大の収穫を得ることができた季節でした。

仕事も生活も、自分の生命を思う存分に、自分らしく生きた季節でした。もちろん、いいことばかりがあったわけではありません。人生は「苦」です。思わぬひとに裏切られたり、後悔も、失敗もありました。

人間はだれもが、なにが自分にとっての幸福か、ということをつねに選択しながら生きています。その選択をまちがえて、結果的には不幸になることもある。ただし、その場合も、必ずしも本人がはっきり自覚して、選んでいるわけではありません。

「百歳人生」時代は突然やってきました。ですから、この黄金の季節を実らせるための人生の選択の準備など、だれにもできません。

青春、朱夏、白秋、玄冬のなかの「白秋」という人生の季節のはじまりは、現代人にとってはだいたい五十代後半ぐらいからではないかと、私は考えています。五十代は、六十代、七十代の本格的な人生の黄金時代、白秋の実りを収穫するための、準備期間だろうという考えです。

別な見方をすれば、白秋期の二十五年間というのは、一人ひとりの百歳人生の仕上げの季節とも言える時期です。生命エネルギーが衰え朽ちていく玄冬の前の、その頂上が、六十代、七十代と考えていいでしょう。

しかしいま、多くの白秋期を生きる人びとは、このハーベスト・タイムを築いてゆくために、大きな不安を抱えたまま、待ったなしの船出を余儀(よぎ)なくされました。
「失敗は成功の母」というのであれば、「不安は安心の母」という表現も可能でしょう。人間は、アンバランスのなかで、必死にバランスを取ろうとする。生きるとは、そういうことではないでしょうか。

ただ、五十代後半からの準備と言っても、この年齢の区切りは、先ほども言いましたように、厳密な意味での区切りではありません。「百歳人生」時代のひとつの目安です。

四十代で、人生の秋の予感を感じとり、人生設計図を描きはじめる人もいるかもしれない。六十代で白秋を実感し、地図のない明日へと旅立つ人もいるかもしれない。いや、親鸞のように、八十代になって、自分の残りの人生設計図を描きはじめる人もあるかもしれない。それもまたよしです。

私の場合、四十代後半に休筆宣言をし、五十代で、大学の聴講生として仏教の講義を受けました。いま思い返すと、私にとってそのリセットの時期が、白秋のはじまりだったのかもしれません。

ですから、「白秋期」という五行説の人生観を肯定的にとらえていくのであれば、こういうことが言えるでしょう。

これまでのように、人の一生を年齢や社会通念で区切るのでなく、全人生を大きな季節でとらえる。何歳までが若者とか、何歳だから高齢者、何歳だから晩年というのではなく、一人の人間の一生を、自然が変化、成熟するように、青い実が赤く熟すサイクル同様に、大きな季節として考えてみる。そういうふうに人生の設計図を創りなおしてはどうかと、いま私は考えているのです。

たとえば、定年後をどう生きるかでなく、「白秋期」をどう生きるか、というとらえ方です。そうすると、なぜか大きな自由を手にいれたような気分になります。再就職で会社に居残るか、それとも新しい道を行くか。人生最大の選択の季節でもあるでしょう。

そもそも、年齢や社会制度の枠組みでなく、人生を大きな自然の変化、移ろいになぞらえて考えるのが、五行説に発する、青春、朱夏、白秋、玄冬の人生四季説です。「百歳人生」時代に、人間の一生を、単純に何歳、何歳という年齢で生き方をしばる価値観はもう通用しません。昔の学校では飛び級などという制度もあって、個性や才能を大切にしていました。そういう柔らかいものの考え方が、これからますます必要になってくるのではないでしょうか。

六十代、七十代は老人ではない

以前書いた『林住期』(幻冬舎)のなかでは、古代インド哲学を基にして、学生期(がくしょうき)、家住期(かじゅうき)、林住期(りんじゅうき)、遊行期(ゆぎょうき)と、人間の社会的活動期から、人生を四つに分けて考える思想を紹介しました。

はじめ「林住」という言葉に、知り合いから古代インドの「林住期」というのは「臨終期」のことですか、なんて冗談めかして言われたものです。

たしかに当時、「林住」という言葉を初めて耳にする人が多かったのです。でもいまや林住期といえば、社会を離れて山林に住み、孤独に生き、心の豊饒を獲得する人生の大事な時期であることが、日本の読者にもひろく知られるようになりました。「白秋」という季節は、この「林住」に通ずるものがあります。決して寂しい時期ではありません。

もっとも、「白秋期」という言葉も、口の悪い友人から「白秋期」って北原白秋の「白秋忌」？　と皮肉を言われました。

ただし、いまや詩人・北原白秋を知らない日本人がたくさんいます。「この道」とか「落葉松」とかいう詩を思い出せる人は、どれだけいるだろうか。だから逆に、白秋という言葉は、新鮮に聞こえるのではないでしょうか。白秋という、この美しい響きが私は好きです。

日本では、最近、老人という語感を嫌って、さかんに高齢者という呼びかたをします。林住期や白秋期の世代の人びとと重なる年齢です。はっきりとした基準があるかはよく知りませんが、だいたい六十五歳からを前期高齢者、七十五歳以上を後期高齢者と呼ぶそうです。その基準からすると、八十六歳の私はあきらかに後期高齢者ということになる。

でも高齢者という呼ばれかたが、どうもしっくりこない。実感がわかないし、いい気分がしない。私の個人的な気分ばかりではありません。

だから高齢者でなくシニアと呼ぼうといって、たとえばアンチ・エイジングに熱心で、やたらと前向きに生きる人をシニア・モンスター、災害地に駆けつけボランティアなどに積極的に社会参加していく人を、インディペンデント・シニアなどと分類する高齢社会研究家もいます。

けれども、横文字やカタカナにしたからといって、社会の年齢というモノサシへの評価が変わらなければ、高齢者は高齢者にすぎません。

いま世間を見回してみると、以前だったらとっくにリタイアしているはずの「老人」たちが、しきりに蠢動（しゅんどう）しています。この元気な高齢者たちは、すでに七十歳（古稀）

を超えた、「白秋期」の最盛期を迎えた団塊世代が中心ですが、これまでの定年後の隠居スタイルとは、まったくちがうタイプの老人たちです。

この従来あまり見られなかった、白秋期の突然変異的な種族が、異常に増殖しつつあります。ひと昔前、新人類と呼ばれた若者が注目を集めたことがありましたが、それにならって言うなら、この元気な老人たちを、さしずめ「新老人」とでも呼んでおくべきかもしれない。そう思って『新老人の思想』（幻冬舎新書）という本を書きました。

しかし「老人」という言葉が、高齢者という呼び方と並んで、そもそもこの「新老人」階級の人たちから極端に嫌われています。外見もそう見えません。孫からオジイチャン、オバアチャンと呼ばれる分にはいいけれども、他人から、お爺さん、お婆さんなどと言われると、ムッとして不機嫌になったり、失礼な、と怒り出す方もいる。

しかし、その無意識の拒絶反応は、白秋期を生きる新老人たちが、正体のはっきりしない未来への不安に駆られているからだと、私は考えています。

ハーベスト・タイムの矛盾と不安

「人生五十年」といわれた時代、一般に老人、高齢者といえば、マイナス・イメージが強かった。表情に活気がなく、やや猫背で、動作もにぶい。野暮(やぼ)ったい服を着て、小遣(こづか)いも少なくケチである。時代の変化や流行に無頓着(むとんちゃく)で行動も緩慢(かんまん)。周囲の迷惑などあまり気にしない。そのくせなにかというと、ネチネチ文句を言う。要するに社会の余計者だったのです。

新老人たちは、潜在的にそういう意識を持っています。でも、自分たちはそうではないぞ、と。

「人生百年」時代となったいま、世間の「老人」を見る目は、たしかに変化しつつあります。しかし、またちがった冷たい風当たりがあることも事実です。

百歳以上の長寿者が、二〇一八年の現在、なんと約七万人となり、そのうち八十八パーセントが女性という統計があります。一方で、百歳以上で寝たきり老人の割合は、統計の仕方によってもちがうようですが、七割近い（「高齢社会白書」平成二十九年版）そうです。高齢者が増えていけば、その数は当然、増加の一途をたどることが予想されます。

すでに現実として迫る「百歳人生」時代は、社会にとって果たして吉か、凶か。これが「白秋期」の人たちを待ち受ける現実です。かつて、きんさん、ぎんさんが人気者だった時代とは、状況がちがうことはたしかです。

この国の財政が大変なのは、高齢者の社会福祉制度が充実しすぎているせいだ、などという経済評論家のご意見もある。政府が率先して「人生百年運動」を進めておきながら、それに矛盾（むじゅん）するように、後期高齢者や、要介護老人のお世話で予算がいくらあっても足りない、などと長寿社会を否定するような発言をする政治家もいる。

ですからいま、百歳人生とか、アンチ・エイジングとかいろいろなことがいわれていますが、この収穫期（ハーベスト・タイム）を生きる白秋期の人たちは、心の底では、気が重くなったり、不安になったりしているのが本音ではないでしょうか。

その不安、決してバラ色とは思えない未来への不安が、老人とも、高齢者とも呼ばれたくない感情を支配しているのかもしれません。

最大の収穫のための選択

五十代から、六十、七十代半ばぐらいまでの二十五年、さらにその先の百歳までの二十五年ものあいだ、どういうふうにやっていけばいいんだろう。お金はどうする。健康は――これまでどの国も経験したことのない「百歳人生」という見えない明日へ向けて、どう生きていけばいいか。果たして、そこまでたどり着けるかどうか。これから先の道筋が見えないのが、「白秋期」の人びとの現実です。

しかし、地図のないまま、現実はどんどん先へと動いていくものです。二〇一七年の日本人女性の平均寿命は八十七・二六歳、男性は八十一・〇九歳（厚生労働省資料）、また数年後には、七十五歳以上の人たちが、日本の人口の四十パーセントを占めるようになるといいます。

私たちの社会は、一方で介護医療の問題などをはらみながら、一方では妙に元気な老人が、ますます増殖していくという、前例のない社会に向かいつつあるのです。

私は、日本人男性の平均寿命を超える、八十六年という人生を歩んできました。けれども私自身は、自分の年齢のことなどあまり意識しないで、これまでやってきました。青春、朱夏、白秋と、それぞれの季節を楽しむように夢中になって生きてきたのです。

七十歳のとき、『五木寛之の百寺巡礼』という本とテレビの仕事を依頼され、三年がかりで日本全国、百寺巡礼の旅をなんとか踏破(とうは)することができました。いま思い起こせば、よくぞあの何百段もの石の階段を上(のぼ)り下りしたものだ、よくぞあの山深い崖っぷちの細道を通りぬけたものだと、われながら感心することもあります。途中気弱になったこともありましたが、やり通すことを選択しました。

無謀（むぼう）といえば無謀だったかもしれませんが、そのとき、自分がいま何歳だからとか、高齢者だからとかなにかを考えもしませんでした。ただ自分の知力と体力がつづくかぎり、大きな自然に身をまかせ、その力を信じて、集中し、めぐりくる季節の一日一日を、必死に生きようとしていたのです。玄冬という季節へと足を踏みいれたいまでも、その選択に間違いはなかったと思っています。

白秋期の人生設計図を創る

「百歳人生」時代最大の実りの季節に、最大の収穫を穫（か）りいれる生き方、それが「白秋期」を生きる人びとが手にすべき、新しい人生の設計図のはずです。

残念ながら、その設計図は、いまだれも手にしていません。黄金期（アクメ）の錬金術は、まだ一人ひとりの、未知の人生にゆだねられていて、こうしようという確信が持てません。

ただ黄金といっても、太閤秀吉（たいこうひでよし）のように金のお茶室を築くことではありません。「まえがき」でも書いたように、おだやかで静かな実り、逆に言えば、金の輝きではなく、白い孤独の輝きに近いものです。

黄金の収穫期（ハーベスト・タイム）とは、外見上の若さを保つことでもなければ、物質的豊饒（ほうじょう）を得ることでもありません。そうではなくて、闇をみちびく光を手に入れたような、人生の「歓（よろこ）びの発見」「ほんとうの自分の発見」という意味の実りと収穫です。

私が言うアクメとかハーベスト・タイムとは、そういうことなのです。それが「白秋期」のほんとうの輝きです。

メーテルランクの『青い鳥』ではありませんが、幸せは足もとにある、それが「白秋期」という、人生の黄金期に手にする最高の宝物だと、八十六年の人生航路の途上で、私はそう感じています。

人生の四つの季節は、それぞれ四つの色に由来します。

青春は、青。

朱夏は赤（朱）。

白秋は白。

玄冬の「玄」という字は、黒いという意味です。黒と言っても単純な色ではなく、幽玄とか玄妙のように、奥行きのある黒で、未知の世界へ向けての、かすかな予兆も宿している黒です。

絵にたとえてみますと、青春はクレヨン画。

朱夏が色鮮やかな油絵。

白秋が水彩。

玄冬は水墨画みたいなものかもしれません。

黄金時代を生きる道標

先日、ある週刊誌を目にして驚いたのですが、神奈川県の大和市では、「70歳代を高齢者と言わない都市　やまと」を宣言したそうです。

ちょっと逆説的な見方ですけれども、元気な高齢者が増殖し、世の中から「老人」が消えてしまったわけです。しかし、私たちの社会は、高齢者という言葉や、老人という言葉に代わる言葉を、まだ持っていません。

私は、健康寿命的には、八十五歳からが高齢者のはじまりと考えていいと思います。つまり「白秋期」というのは、朱夏と玄冬の中間期ですから、七十代の白秋期の人は、まだ自分を高齢者と考える必要はないと思っています。

かつて還暦とか古稀を祝った「人生五十年」時代の考えかたや人生観に、いま大転換が迫られています。すでに「人生百年」が、現実のものとなりつつあるからです。その未知の未来に向けてどう生きればいいか。

未知の未来というと、言葉の矛盾のように聞こえますが、つまりは、見えない明日ということです。そこへ向かって、私たちは歩いていかなければなりません。不安もある。好奇心もあれば、とまどいもあると思う。どこにも「人生百年」時代を生きた前例がないからです。

先ほど申しあげましたが、自分自身をふり返ってみると、五十代から七十代までの「白秋期」は、もっとも自分らしく生きることができた、最良の季節だったと思います。

この白秋期を、自分なりの人生の黄金時代にするための小さな道標が、いくつかあったように思います。その道標は、私にとっては、つねにリセット装置のような役割を果たしてくれたと言ってもいいかもしれません。

たとえば、こんな道標を立てました。

〈白秋期の道標〉

生活を極力コンパクトにする。

浪費の習慣を捨てる。

自動車の運転をやめる。

粗食の習慣を身につける。

モノを捨てる。
少ない収入で暮らしが成り立つようにする。
方丈(ほうじょう)の空間をつくる。
喜び、悲しみノートを作る。
仕事以外の人生の目的をさがす。
自分本位の生き方を見出す。
ものを学びなおす。
読書を友とする。
新しいことをはじめてみる。
養生を趣味にする。
孤独の歓びを見つける、等々。

つまりいろいろなかたちで、そのときどきに、この「白秋期」の日々を、生き生きと生きる目標を、自分なりに作ったのです。小さな道標ですが、それが非常に大切なことです。道標は人それぞれ無限にあります。そして実りは静かにやってくる、と、私は思うのです。

これから先の章は、私の「白秋期」を生きる力につながっていった、青春、朱夏の体験をもとにしながら、八十六歳を迎える私が、お金や健康や孤独といった、だれもが避けられない人生後半の問題をどうとらえ、どうつきあってきたのかを、気ままな備忘録（びぼうろく）のようなものとして編んだものです。

それが読者の「白秋期」の、小さな道標になれば、著者として、それにまさる歓びはありません。

2章

たかがお金、されどお金

――脱仕事主義のすすめ

これからは貯金も年金も当てにならない

「白秋期」の3K、すなわち経済（お金）、健康、孤独の問題は、だれもが否応なくぶつかる大きな不安です。なかでもお金の問題は、日本人のメンタリティーにとって、いちばん口に出しにくい、いやな問題ではないでしょうか。

人生、お金はままなりません。たかがお金、されどお金と言いますように、お金抜きで生きていくのは、至難のわざです。

そこでこの2章では、白秋期の3K問題のなかで まず、このお金という問題から、読者の皆さんといっしょに考えていきたいと思います。

いま巷では、やたらと家庭用金庫が売れているそうです。この現象は、社会全体に、大きな不安がわだかまっていることを映しだしているように、私には見えます。もう人びとは、銀行さえも信用していないのではないかと思うのです。

政府は景気回復が戦後、二番目の長さを記録したと発表しました。また東京都は二〇二〇年のオリンピックで、世界一のダイバーシティ東京を実現すると、盛んに喧伝(けんでん)します。しかし、だれ一人そんな景気のいい話やバラ色の未来を信じていませんし、現実的実感も持っていません。表面的には、都心では古いビルが新しい近代的高層ビルにつぎつぎと建てかえられ、活気があるように見えるようです。

しかし、月並みな話ですが、政府や都の発表とは逆に、実際は格差社会がますますひろがり、下流社会、下流老人、老後破産が深刻味をおびてきているのではないでしょうか。テレビや雑誌でもそのことが盛んに語られるようになってきました。中流という階層がなくなり、社会の二極化がすすんで、一部の上流階級と多数の下流階級という構造が定着しつつあります。

ですから昔の日本人が、あるいは、少し前までの人びとが当然のように確信していた未来図が、いまはない。描けないのです。ここに大きな不安が生じています。

健康の問題（3章でくわしくお話しします）にしても、退職金があり、持ち家があり、年金があるので老後は安心と思っている人たちでも、いったん、がんなどの厄介(やっかい)な病気になると、免疫療法などは、年間に何千万円も必要となるらしい。治療をどんどん受けていたら、湯水のようにお金が減っていきます。

ほかにも、全国各地で生じている不気味な地震や、異常気象による自然災害の不安もあり、人びとはまんじりともせず、日々を過ごしているのではないでしょうか。

私は、「白秋期」は人生の黄金期(アクメ)であると、1章で言いました。この黄金期の背後には、いまこんな不安がわだかまっているので、いったいなにが黄金期なんだと思われるかもしれません。しかし、黄金期(アクメ)の意味するところは、白秋期に、モノやお金のバブルがおとずれるということではないのではないか。

白秋期はお金を貯(た)めこむ季節ではありません。またお金を頼りに生きる季節でもありません。

三十代、四十代の朱夏(しゅか)は、まさにフル回転で物質的充足という目標にむかっていたといってもいい。しかし白秋期はそういう幻想に束縛された収穫期ではありません。社会という桎梏から逃れて自由に振る舞い、自己実現に邁進できる季節ではないか。

ロシアの大地主だったトルストイは、七十代後半から農地で働くようになり、八十二歳のとき、何人もの召使いのいる広大な屋敷も妻も家族も財産も捨て、鞄ひとつで家出し、旅の途中で風邪をひき、ある駅舎の駅長室で息を引き取りました。

荷風山人は、戦後、七十代の前半に文化勲章をもらいますが、独り市川の借り住居で、質素に暮らしていました。荷風は年金を詰めこんだ鞄を常に持ち歩いて、浅草や銀座を放浪したようですが、七十九歳のとき孤独死をとげます。

それぞれ、これは人生の本当の豊かさや収穫を求めた結果の選択でした。澄みきった人生の仕上げの道でもありました。

いまの世の中、私たちはいつなんどき下流老人、老後破産になるか、しれたものではありません。私は下流老人を、否定的に評価しません。むしろ肯定する立場です。しかし、生きていくには最低限のお金もまた必要です。ですから、白秋期の生活を支えるための問題は、この季節を生きる人びとの、切実な問題の一つになっていることはわかります。

お金に対する考え方というのは千差万別なので、「これだ！」と言えないところがあります。だいたい、年金にしたところで、国民年金で月に三万円から五万円しかもらえない人もいる。その一方で、たとえば、一流大企業の人たちは、厚生年金の上に企業年金があって、さらに個人年金に加入していると、その差たるや、非常な格差です。

公務員の場合は、年金一元化の後も、いわゆる三階建て部分に相当する「年金払い退職給付」が残り、官民格差はそれほど縮小していません。

いま、日本の預貯金というのは、年間三兆円ぐらいずつ増えつづけているそうです。それは白秋期に当たる六十五歳以上の人たちが貯金するのだそうです。年金を遣わずに貯金する。一方で、若い勤労人口の世帯は貯金率がどんどん下がって、みんな取り崩して暮らしている。こういう異常な状況らしいです。

なぜ遣わずに貯金するかというと、やっぱり先行きが不安だからでしょう。

私が夜中によく行くコンビニに、白秋期の男性がアルバイトをしていました。六十三歳だそうで、定年後この仕事をはじめたそうです。親切で愛想も良く顔なじみになりました。その方がこの春に店を辞めてしまいました。寂しい気がして店長に聞いてみました。

「彼、いなくなっちゃったんだね」

「ええ、東北の店に行ったんですよ」

「へー、それはきびしい転勤だね」

「いや、ここだけの話、Wさんは退職後離婚で、一戸建ての家も退職金も奥さんと折半で分けて、たいしたお金が残らなかったそうですよ。人生の予定が狂ったと嘆いていたんですけど、まだ先が長い人生をリセットすると言って、東北の大学にはいりなおしたんですよ。それでうちの東北店でアルバイトしながら学校にかよっているらしいです。スゴイですね」

私はこの話を聞いて軽いショックと、エールを贈りたい気分の両方を味わいました。

まさに、私が理想に掲げる白秋期の生きかたを選択されていたからです。お金に頼らずとも道は拓ける、です。

そこで、ここからは、私のお金についての考え方を、体験にもとづいてお話ししてみたいと思います。お金はままなりません。どんな世の中であっても、たかがお金、されどお金――言い古された言葉ですが、これは現代社会で暮らす白秋期の人びとの、よって立つ金言だと思います。

お札がただの紙きれになるとき

私は、むかしから、お金というものを信用できませんでした。なぜこの紙きれで物が買えるのかと、不思議でならなかったのです。旧大日本帝国の植民地であった朝鮮半島で、敗戦を迎えたとき、その疑惑は現実のものとなりました。

それまで政府が保証していたお札は、国が倒れればまったく価値がなくなる。どんなに貯金があっても、ただの紙きれになってしまうのです。

考えてみれば当然のことでしょう。敗戦と同時に街にソ連軍が進駐してきてから、それまでの日本のお札に代わって、ソ連軍の軍票が発行されました。なんだかツルツルの安っぽい紙に印刷された、赤と青の軍票でした。

軍隊というのは、どこへ行っても占領地で自分たちの紙幣(しへい)を流通させようとします。それで物資を購入し、戦費をまかなうのです。日本軍もかつて南方で軍票を発行しました。それ以前には、シベリア出兵のときにも相当な軍票を事前に準備していました。

敗戦時の、そんな体験がありますから、年を重ねるにつれ、なおさら金というものに不信感がつのってきたのかもしれません。いつ紙くずになるかわからない、と思うから大事にしない。あればあるだけ早く遣(つか)ってしまおう、となる。値打ちのあるうちにものにかえたり、浪費したりしてしまう。

金銭に対して、私のそんな態度が、実生活の上でマイナスにはたらくのも当然でしょう。これまで、こんな目にあわなくてもいいものを、と口惜(くや)し涙にくれたことも少なくありませんでした。

金銭とは人生の目標ではあっても、目的ではないというのが、多くの日本人が持っているふつうの感覚でした。ひょっとしたら、いまでもその感覚はふつうの価値観かもしれません。

しかし一方で、お金は手段としてあっさり割り切ってしまったところで、それを軽く見るわけにいかないのもお金だという、世間知もありました。

いまもむかしも、金銭に関する人びとの思いは、そう変わっていないのではないでしょうか。つまり金銭を得るというのは、道徳的に善か悪かの二者択一として、簡単に選べるような問題ではない。

私のように、若いころ、貧乏と家族と病気の複合汚染に悩まされてきた人間にとっては、なおさらです。

吉田兼好の『徒然草』のなかに、ちょっと耳の痛い話が出てきます。第二百十七段の「或る大福長者の云は（わ）く」というくだりです。

「貧しくては、生きるかひ（い）なし。富めるのみを人とす」

などと、この大福長者はずいぶんひどいことを言う男なのです。当時の大金持ちの言として紹介されている話ですが、一面、妙にリアリティーが感じられる言葉もあって、心にひっかかります。

まず、金持ちになろう、富を築こうと思う者は、

「人間常住の思ひ（い）に住して、仮にも無常を観ずる事なかれ。これ、第一の用心なり」

と言うのです。

要するに、世の中は未来永久につづく、このまま変わったりはしないと覚悟せよ。あるいはこうも読み取れます。人間の営みは有意義で、世界は進歩し、人間社会は向上すると考えよ――まあ、たとえて言うなら、この国に革命なんぞ起きはしない。自民党の政権は永久につづく、といったところでしょうか。

そして、仮にも、

「この世は無常」

「人の命ははかない」

などと考えてはならぬ、これがまず第一の心構えだ、というわけです。

この大金持ちの男のセリフ、なかなか説得力があるから不思議です。たしかに金を貯(た)めようと思うのなら、金の世の中を馬鹿にしてはならない。現実を受け入れ、現実に生きる覚悟を定める必要がある。

口惜(くや)しいけれど、そう思わないかぎり、金は集まってこないのでしょう。

「モノだの、金だの、所詮(しょせん)人間にとって重要なもんじゃないさ」

などと言っているようでは、貧者から抜けだすことはできない。そして、「貧しくては生きるかひなし」と言うわけです。

その後につづく言葉は、金もないのにすぐに浪費してしまう私にとってはさらにきつい。この野郎、と思わせられる文句です。

「次に、銭を奴(やつこ)の如(ごと)くして使ひ（い）用(もち)ゐ（い）る物と知らば、永く貧苦を免(まぬ)かるべからず」

「ヤッコ」とは、下僕（げぼく）のこと。使用人をこき使うように乱暴に、また軽々しく金を使ってはならぬ、ということでしょう。そういう不心得者は、

「永く貧苦をまぬがれることができない」

と断言してはばかりません。

なんとも腹の立つ、金持ちおやじの言であろうか、です。

作者の吉田兼好は、この発言について、からかい気味の批評を加えていますが、むしろ、そちらの言葉のほうがイヤ味に聞こえるほどです。

金は、名誉（めいよ）や権力と同じく、それを好む者のところへ集まってくる——なんとも、味気ない限りですが、仕方がない、というのが真実なのでしょうか。

貧乏と貧困はちがう

「金とか、名誉とか、そんなものは結局むなしいものさ。人間、死んでしまえば何ひとつ持ってはいけないんだから」

などと言う人がいます。有名な小説や芝居（しばい）のなかでも、しばしば出てくるセリフです。

たしかにそのとおりだとは思います。しかし現実の私たちは、みなエゴイストであり、死んだあとのことよりも、いま、この世間に生きているうちのほうが気になるものなのです。

金や名誉なんて、と軽く言ってのけられるのは、たぶん恵まれた人にちがいありません。そうでなければ、一般庶民とは相当にちがう、特別なプライドの持ち主ではないでしょうか。

私は敗戦後、劇的に貧しい生活をしいられるようになりました。それまでは植民地だった朝鮮半島で、日本人の教師の子として、そこそこの暮らしがつづいていたのです。もちろん、戦争の時代だったからモノは豊かではありませんでした。しかし植民地を支配している側の国民でしたから、そこそこ楽な生活ができていたと思います。

父親の履歴書を見ると、大正十五（一九二六）年に九州の小学校教師としてスタートしています。いまでいうノンキャリアの人生の出発点です。当時の月給が、〈八級上(じょう)俸(ほう)〉とあって、五十一円。平壌(ピョンヤン)で敗戦を迎えた昭和二十（一九四五）年のころには〈三奉級〉までたどりついていましたが、それでもしれたものでしょう。

当然、昔は給料の銀行振込などというシステムはありません。月給は、給与袋に入れられた現金を、上司や上役(うわやく)から直接手渡されるのが普通でした。それをご主人が家に持って帰り奥さんに渡す。奥さんはその月給袋を、いったん神棚(かみだな)やお仏壇(ぶつだん)に供えたりしたものです。

私の小学生時代の記憶に、母親が、

「お父さんの月給が、八十円になったのよ」

と、うれしそうに言ったときのことが、耳に残っています。

敗戦と同時に父は失業者になりました。そしてその日から、私たち一家は「金が敵の世の中」を生きてゆくことになったのです。

じきに病弱の母が死に、父は呆然自失、なすすべもなく酒におぼれる日がつづきました。売り食いができる連中がうらやましくてしかたなかった。こちらはソ連軍の進駐と同時に、官舎も、家財道具いっさいも、すべて見事に接収されて、着の身着のまま放りだされたのですから。

十二歳だったその敗戦の夏から、およそ二十年にわたる金欠生活がつづいたために、私のなかの金銭観は、相当に歪んだものになってしまったように感じています。それは現在でもそうです。いったん背負いこんでしまった貧乏の匂いは、たぶん背中にしっかりしみついてしまって、死ぬまで消えないのではないかと思っています。

「人間万事金の世の中」

とまでは割り切れません。しかし、金に困ったときの人間というものは、ほんとうにみじめなものなのです。貧乏という言葉と貧困はちがう、とずっと感じてきました。

なぜ、貧乏人ほど浪費に走るのか

白状すると、私には自分でコントロールできないほどの浪費癖があります。「癖」という字にはやまいだれがついている。疾とか、病という字の親戚かもしれません。すると病気の一種でしょうか。

そう考えてしまえば、気が楽になるところがあります。生まれながらの持病と思って、あきらめてしまえばいいのですから。

しかし、私の無駄遣いは、生来のものではありません。いうなれば、持ちつけぬものを持った人間の一種の錯乱ともいえそうなのです。

要するに、お金というものに慣れていないのです。たまたま書いた本が、賞をいただいたり、思わぬベストセラーになって、貧乏人が持ちつけぬ金を持ったために、それをどう扱えばよいのか、混乱してしまったときもありました。

以前アメリカで、宝くじで十数億円を当てた幸運な男が、それを資金にいろんな事業をはじめたのですが、すべてに失敗し、離婚されたあげく、何億という借金を抱えて破産したというニュースを読んだことがあります。

これは普段、持ちつけない金を手にしたための、笑えない悲喜劇といっていいでしょう。しかし、それだけでは済まない、ちょっと身につまされるような、教訓めいたものも感じます。

このアメリカ人に同情するわけではありませんが、およそ病的な浪費行為に走る人間には、どこか「人間らしい正しい感覚」が生きているようにも思われるのです。「人間らしい正しい感覚」などという言いかたは、変に聞こえるかもしれませんが、じつは貧乏人ほど、お金を無駄に遣い散らすものなのです。

よく聞く話に、風俗の店で働く若い女性たちが、ホストクラブでひと晩に何十万円も散財するというケースがあるそうです。いったいどういう感覚だろうとあきれる一方で、私には、なんとなく納得のいくところがあるのです。

性ビジネスの世界で働くほとんどの女性たちは、必ずしも好きで性を売る仕事をしているわけではありません。やはりお金を稼ぐことが目的です。しかし、不特定多数の男たちを相手に、セックスのサービスをくり返すことは、どんな人間にも、無意識の大きなストレスをもたらすものです。

金のために身を屈する人間は、だれもが心の底で、お金というものを憎んでいるのではないでしょうか。手にした一万円札の束は、生甲斐でもあると同時に、また屈辱のしるしでもあるのです。

こんなペラペラの紙きれ何枚かのために、自分の精神と肉体とを、ここまで酷使しなければならないのだと思えば、腹が立たないほうがおかしい。それを浪費することで、自分の人間性を確認しようとしているのかもしれません。

事情はサラリーマンも、自由業者も、ほとんど変わりはないのです。いったい、金と人間と、どっちが主人なんだよ、と、うんざりするのがあたりまえでしょう。「金が敵(かたき)の世の中」とは、「金が主人の世の中」であり、「金が人間より偉い世の中」でもあるのです。

浪費で人間であることを実感する

私が授業料滞納のために大学を抹籍(まっせき)になったのは、一九五〇年代の終わりのころでした。アルバイトに明け暮れたのですが、とうとう学費が払えなくなってしまったのです。

抹籍後、職業を転々としたあげくに、ようやく落ち着いたのが、いわゆる業界誌の編集部でした。編集主任とは名ばかりの肩書きでしたが、とりあえず月給は出る。しかし、月末になると社長から一人ひとりの社員に、月給袋を手わたされるのが、私はなんとなくいやでした。

なにかひと言、感想や注意を述べながら、さも大切そうに薄っぺらな袋を渡される。ありがとうございました、と、頭をさげると、社長は眼鏡を光らせて、うむ、と重々しくうなずく。月給はありがたいが、毎月のその儀式が、私には耐えがたく不愉快でならなかったのです。

新宿二丁目にあったその編集室の階段を下りると、人通りのないのをたしかめて、月給袋を舗道に投げ、靴で踏みつけたことがありました。

「この野郎、「この野郎!」

と、蹴とばして、あわてて拾いに走ったりしたものです。なんで、これっぽっちの紙きれのために、あれほど頭をさげたり、社長の車の水洗いまでしなければならないのか。仕事だから、と言ってしまえばそれまでですが、やはり金に対する怒りもまた、ふつふつと体の奥にたぎるのを感じていました。

そういうときに、私はいつも馬鹿な金の遣いかたをしました。有効に遣うのが、絶対にいやだったのです。

「おまえなんか、この程度のものなんだよ。こっちがその気になりさえすれば、破って捨てることだってできるんだぞ。ひょっとしておまえさん、人間より偉いなんて思ってるんじゃあるまいな。ご主人面はしゃらくせぇ。こっちがおまえを使うんだ。そっちに使われてるんじゃない。思い知ったか、このはした金め！」

と、声に出しては言わずとも、そんな気持ちを抑えることができなかったのです。したがって、金は絶対に無駄遣いでなくてはなりませんでした。浪費であればあるほど、自分が人間であると実感できるのでした。

たぶん、ホストクラブで何十万円もひと晩に遣う娘たちの心の底には、当時の私の心境と、あい通じるものがありそうな気がします。苦労して稼いだお金であればあるほど、パッと無茶に遣い、散じてこそ、心の憂さが晴れるのです。

ですから私は、『徒然草』の長者のように、病的な浪費や散財癖を笑う気がしません。どこまでも人間でいたい、という切ない祈りが、底にあるように感じられるからです。こういう言いかたは、たぶん、ひどく滑稽な意見に思われるかもしれませんが。

お金は人間の主人ではない

若いころは、あまり病気や、老いや、死ぬことなど気にしないものですから、「思うにまかせぬこと」の大半は、経済的な問題だったと記憶しています。

若いころの私にとっては、「四苦」に「金」をくわえて、「五苦」と説かれたほうが、身にしみて納得できたことでしょう。

「生（しょう）・老（ろう）・病（びょう）・死（し）・金（かね）」

人生において、思うにまかせぬことは、このほかにも数々あります。しかし、老いも、病（やまい）も、死も、いちおうは、人間ひとしなみに背おわなければならない「苦」ではありますが、「金」の苦労は平等ではない。そこに納得がいきませんでした。

敗戦という時代を生きた世代の後遺症でしょうか、いまもお金に関しては臆病なところがあります。物を買うときも、百回ぐらい繰り返し見てから、ようやく意を決して買うような癖があります。

むかし、通りがかりにのぞいた店で、衝動的に、ドイツの高い車を買ってしまったことがあります。そのときは本当に後悔しました。何十回などというローンは、えらく長く感じるものです。

思うに、若いころにお金の苦労をした人間は、どこか、心の隅に「金への憎しみ」の感情がひそんでいるのではないでしょうか。

手にした一万円札を眺めながら、突然わけもなく腹が立ってくる。こんな紙きれのために、あんな思いもした、こんな目にもあった、などなど考えれば考えるほど、怒りがこみあげてきたことを、先ほどお話ししました。床に叩きつけて、踏んづけても、それでも気がすまない。そういうときには、どうするか。

私が、自分でも信じられないような浪費にはしるのは、そんな怒りが爆発したときであるらしい。

値打ちのあるものを買ったのでは、お金に威張られるような気がするのです。本当に役に立つお金の遣いかたをすればするほど、お金のほうが偉そうに思われてきて、不愉快になるのです。

「金は金にすぎない。お前は主人ではない。使うのは人間様のこのオレだ。なんだ、偉そうな顔をしやがって」

と、いうわけで、もっとも無駄な、もっとも愚かしいお金の遣いかたへ突っ走ってしまう。

「ざまあ見ろ。お前なんか何百枚束になってかかってきても、所詮こんなものと交換されるしかないんだぞ。どうだ、少しは思い知ったか」

と、そういう愚行をあえてすることで、お金に勝ったつもりになるのかもしれません。われながら情けない。

だから私は貧乏が嫌いです。人間がお金で苦労するような世の中は、どこか間違っていると思うのですが。

老後破産はもはや現実

貧乏というのも、若いころならまだいいでしょう。しかし年をとってからの貧しさは、ちょっと言葉にならない、みじめな状態になりかねません。それも、自分ひとりのことなら、まだ風流などと強がってもいられるかもしれませんが、そこに家族、肉親などが絡んでくると、悲惨なことになります。その上、病気がくわわったりすると、もうお手あげです。

貧乏と家族と病気――私にとって、敗戦と同時に襲ってきたその「三重苦」は、二度と出会いたくない世界です。

しかし下流社会、下流老人、老後破産が現実と化し、富める者と貧しい者の二極化がますます加速してきたいま、ふたたびあのやりきれない「貧乏」の時代がやってくる気配があります。千円札一枚の重さが、ひしひしと身にしみる世の中が、もうそこまでている、そんな予感がするのです。

　時代は後もどりしない、といいます。しかし、世の中は常にくり返すともいいます。そのかたちはちがっても、少数の超強者が、多数の弱者（下流社会）を支配してゆくのが二十一世紀の世界ではないか、私はそう思っています。

　そうなればなるほど、金というものの力が大きくなってくるはずです。「人間万事金の世の中」というのは、封建時代の昔の話ではないのです。

　しかし、私自身をふり返ってみて、つくづく思うのですが、いま白秋期を生きる日本人の金銭というものに対する態度が、じつにあやふやであることです。金銭哲学といえば大げさですが、金銭観というものが、まるで確立されていないのではないでしょうか。

　現在の三十代、四十代、五十代あたりの世代は、数え切れないほどの経済雑誌があって、「定年前のマネー特集」などといった記事が、当たり前のように組まれ、懐を温める知恵を伝授してくれます。株への投資術やＩＴ業界で大儲けする方法など、それこそ微に入り細に入りの記事が氾濫しています。つまりお金を善として肯定してゆく傾向があります。世の中マネー・ゲームだ、と。

しかし、六〇年代、七〇年代に青春を生きてきた白秋期の人たちは、証券業界の専門家以外は、シコシコと実業で金を稼いでいたのです。

当時の日本人の大多数は、田舎のムラ社会で生きてきました。ムラではモノや土地が、ものを言います。私はムラ出身の二世です。

赤ん坊のときからピアノの鍵盤を指で叩いて遊ぶ都会の子供は、おのずから音感というものが育ってくるでしょう。まさに親の英才教育がものを言います。ちかごろ大フィーバーした、女子テニスの大坂なおみさんを例にひくまでもなく、スポーツにしても、芸能にしても、語学にしても、どれだけ早くから、ながく集中してそれに接していくかは、決定的に重要です。

当然のことながら、人は子供のころから日常的に接しているものに対して、自然に心身の感覚や価値観が身についていきます。いわんや金銭感覚をや、でしょう。

ムラ社会から敗戦後の東京に出てきた自分にとって、金とは何か、という金銭の思想が欠如していたとしても、それはある部分で仕方のないことだ、そう考えてきました。

グローバリゼーションの金融社会となったいまでも、多くの白秋期の日本人の金銭感覚は、金儲けは善であるとする、アダム・スミスのような欧米流の金銭哲学が身についているとは思えません。しかしそれは、いけないことなのだろうか、古臭い価値観として一蹴されるべきものなのでしょうか。

多神教とゴスペル・ソング

私たち日本人は、欧米人に劣らず、じつはとても宗教的な民族なのだ、ということを自覚しなければなりません。

日本人が心性の深いところで持っているもの、それがアニミズム（精霊信仰）とシンクレティズム(神仏混淆)の二つです。

アニミズムは、もっとも原始的な人間の信仰のかたちであるといわれてきました。自然界のあらゆるものに、霊魂や精霊が宿り、なんらかの意思をもたらしていると考えるのです。

一方のシンクレティズムは、ことなる宗教や崇拝対象を、自在にミックスさせてしまう多神教的な信仰形態で、家のなかに神棚もあれば、仏壇もあることが、一神教的な考え方からすれば、おかしいといわれてきました。

明治以来、日本の知識人は、概してこの二つを、日本の恥部とみなしつづけてきました。

十八世紀、イギリスで産業革命が起こり、市場と資本主義が勃興します。資本主義社会の格差と貧困のはじまりです。この背景にあるのが一神教の神の存在でした。市場は、ほうっておくと、弱肉強食の修羅の場になりかねませんが、大きく秤が傾いてしまったときには「見えざる神の御手」が働くはずだとアダム・スミスはいう。その一神教がキリスト教でした。

しかし、ヨーロッパの底流にある、ギリシャやローマの文明がそうであったように、ユダヤ教やキリスト教が成立する前の、初期の宗教というのは、基本的に多神教だったといわれます。

現代においても、エルサレムの「嘆きの壁」のすぐ横には、キリスト教の教会があり、サラエボに行くと、キリスト教、イスラム教、ロシア正教、ギリシャ正教など、さまざまな教会が混在していて、あたかも宗教博物館を見るようです。

しかし、私は、これから先の世界は、キリスト教やイスラム教のような原理主義的な一神教では、もう持続していけないのではないか、と思ったりもします。

むしろ多神教的な、さまざまな信仰や崇拝（すうはい）のかたちが共生し、混在する世界を考えるべきではないか。

エルヴィス・プレスリーには、ゴスペル・ソングや賛美歌からとった歌が多くあります。

テレビのCMに使われたり、日本人がリクエストしたがる「アメイジング・グレイス」も、やはり牧師がつくった賛美歌です。

ゴスペル・ソングは、リズム感があって気持ちが高揚(こうよう)するというので、若い人たちに人気がありますが、ゴスペルとは、あくまで教会で告げられる福音(ふくいん)であり、また黒人たちの聖歌なのです。

いずれも音楽や信仰や人権問題などさまざまな要素が混ざりこんで変容していますが、根本的にはキリスト教の神を讃(たた)えたものでしょう。

仏教にも、巡礼のときに歌う御詠歌(ごえいか)というものがありますが、一般にはうたわれていません。しかし、たくさんの日本人が、神と神の子キリストに対する信仰とは関係なく、教会で結婚式を挙(あ)げ、あるいはゴスペルを歌うというのは、どうなのでしょうか。

形の上では似ていても、神の栄光、神の愛を歌う音楽と、楽しみの音楽というのは、本質的にどこかちがうような気がしてなりません。

英語文化とモハメッド・アリの抵抗

アメリカのキリスト教化した黒人社会に反発したのが、ボクシングの元へビー級チャンピオンのカシアス・クレイでした。彼はベトナム戦争のとき徴兵を拒否し、アメリカ政府からチャンピオンの資格を剥奪（はくだつ）されます。そしてイスラム教に改宗し、モハメッド・アリと改名します。

キリスト教は、資本主義の象徴ばかりでなく、白人社会や白人文化の象徴です。その白人社会から見ると、ホワイト・イズ・ナンバーワンでしょう。もちろんいまもそうです。イエロー（アジア系黄色人種）がセカンドで、ブラック（アフリカ系黒人）がサードという偏見を持っている白人は、いまも少なくないのです。

アメリカでは、黒人の公民権が確立されるまで、いわば神の名において、公然と黒人差別がおこなわれてきました。アリは暗殺された公民権運動家マルコムXに共鳴し、イスラム教に改宗します。

私はかつて、モハメッド・アリと対談したことがあります。そのとき彼はこう言っていました。

英語を使っているかぎりは、われわれ黒人は自由になれない。たとえばブラック・マジックという。黒魔術は悪に通ずる魔法という意味だ。ほかにもブラックマーケット（闇取引）、ブラックリスト（危険人物）などという――ブラックは全部、悪いイメージの言葉になっている。

だからブラック・イズ・ビューティフルと言っても、キリスト教社会のなかでは、それは無理だ。そのヒエラルキーは変わらない、と言っていました。

逆にホワイトというのは、ホワイトクリスマスからはじまって、エンジェルとか、いい言葉はみんな全部ホワイトに結びつく。

日本でも黒白（こくびゃく）をつけるという。黒か白かはっきりしろというとき、黒は悪です。しかし世の中は白か黒か、右か左か、保守か革新かで割りきれるものではありません。そのなかで人間は否応なしに選択を迫られることがあり、そのときは片方に行かざるを得ませんが、それでも常に、その片側にいればいいとは、思うべきでありません。アリは英語という言葉を使っているかぎり、われわれは囚われていると言っていますが、考えてみれば、まったくそのとおりなのです。

けれども、いまの現状でいうと、英語が世界的共通語です。これからますますそうなっていくでしょう。日本でも小学生から英語教育をはじめるようになりました。そこでブラックとホワイトという言葉を教わる。ブラックは悪、ホワイトが聖なるもの、という価値観が刷りこまれていく。そういう感覚が子供のときから染みついていく。

いま日本社会はカタカナ語があふれています。そのほとんどが英語です。そして、無意識のうちに、日本語より英語が上という価値観を、多くの日本人が持ちはじめました。意識に染みつきはじめてきています。それは日本人は白人より下という意識を生じさせます。

プロ野球の球団の名は、ジャイアンツ、タイガース、スワローズ、カープ、ライオンズ、とみんな英語がつきます。

パソコン用語はほぼ百パーセントがそうです。日本語は縦書きが基本ですが、パソコンは横書きが基本です。それで、電子化した新聞もどんどん横組みが増えてきています。ある調査によると、すでに三割くらいの新聞が横組みになっているそうです。記者も取材記事をパソコン上で横組みで書いています。インターネットの記事はすべて横です。

こうして、さまざまなメディアが横組みになり、やがて横に慣れてしまうと、日本人は、だんだん縦組みの文章が読めなくなってくるだろうと、私は思っています。

神さまは資本主義者か

私たち日本人は明治以来、西洋文明の影響のもとに、それを取り入れて生活を西洋化してきました。チョンマゲを落とし、刀を棄(す)て、靴を履(は)いて、いまではほとんど、西洋人と変わりないようなスタイルで生活しています。

しかし、日本人が拠って立つ精神的支柱というものが、欧米とは根本的にちがいます。

洋才には洋魂がある。洋才と洋魂は不即不離なのだと私は思います。ですから欧米人がバッハの音楽を聴くとき、耳が肥えたクラシックファンでなくても、素朴な児童でさえ、自己の根にあるキリスト教的宗教感覚を揺さぶられ、音楽技法上のテクニックや表現力を超えた、深いものを感じているのではないでしょうか。

前にヴェルディのオペラ「運命の力」を聴きに行って、ずっと教会の場面がつづくのに退屈して、途中で出てしまったことがありました。声が素晴らしいとか、演出が新しいとかいう以前に、どうしてもわからないという感覚があるのです。

欧米人と日本人では、感動する仕方が、根底的にちがう。そのことを、私たちはしだいに理解するようになりましたが、理解はしても、そこには深い溝があります。

たとえば、ある種の外資系投資家につけられた「ハゲタカ・ファンド」という呼称には、一種の嫌悪感がふくまれていますが、彼らの行動原理には、やはり神への信頼と、神からのクレジットがあります。自由経済、自由競争、規制撤廃、市場原理の背景にあるのも、神の存在です。

先に言ったように、市場は、ほうっておくと弱肉強食の修羅の場になりかねませんが、大きく秤が傾いてしまったときには「invisible hand of God」、すなわち、アダム・スミス以来の「見えざる神の御手」が働くはずだという考え方が根底にあります。

その確信があればこその自由競争、錦の御旗を背負った市場原理なのであって、日本がそれを抜きにして、形だけ取り入れることが、はたして正しいのか。

ハゲタカよばわりされる外国資本の背景にも、神の力が働いており、日本型企業に乗りこんできて、大胆な合理化を達成したカルロス・ゴーン氏も、敬虔なクリスチャンを自称していました。

いってみれば欧米諸国の資本主義は、一応は神の大義を背負ったシステムです。形だけの市場原理スタイルでは、太刀打ちできるわけがありません。

さらにたいていの日本人には昔から、金儲けは汚いことだという倫理意識がありますから、錦の御旗を背負った欧米の経済十字軍と向き合ってビジネスをするとき、どうしても猫背になってしまうのは、当然でしょう。

そう考えると、日本人が、自ずから持っているシンクレティズムは、これから先、平和な世界をつくっていくうえで、非常に貴重なことかもしれません。

なによりも日本でいうところの「畏れ」という気持ちが、二十一世紀の世界全体で失われている気がします。

神道には、「かしこみかしこみまをす」という畏れの気持ちが根底にあって、森の木を切ることを畏れ、雷を畏れ、大雨を畏れ、自然を畏れるというのは、非常に深い思想形態だと思っています。

神仏習合を、近代日本の恥部だと考える必要などありません。そもそも信仰は習合するものであって、キリスト教にしても、ドイツにはドイツのプロテスタント、イギリスにはイギリス国教会、アイルランドにはアイルランド・カトリック、イタリアではローマ・カトリックという具合に、古代社会からの神々の信仰と、必ず習合しています。

純粋な原理主義的一神教では、「我らの信じる神以外を信じるな」という姿勢になりますが、日本人が宗教において保ちつづけているシンクレティズムの感覚は、貴重なもので、世界に広がっていく必要こそあれ、けっして恥ずべきことではないのだと思います。

先進国でありながら、日本人がいまなお備えているシンクレティズムとアニミズムの感覚は、人間にとって貴重な資産として、この国の未来を支えていくのかもしれません。

これから先の日本は、人口が減り、斜陽化し、産業は停滞していくのは必定でしょう。国家にとっても下山の時代なのです。

経済成長だ、ＧＤＰが世界で何番目だと誇るのではなく、日本人が大事にしてきた精神世界の恩恵と、それが持つ可能性を、あらためて国内にも世界にもメッセージすればいい。

アニミズムの経済革命などといえば大げさですが、ゆっくりと下降し、やがては、どこかに静かに着地する二十一世紀には、そういうことが大きな価値として、歴史に残るのではないでしょうか。

「単独死、孤独死、結構じゃないか！」

いま白秋期にある人びとにとって、お金の問題は、国の発表とは逆に非常に厳しいところにあるのではないでしょうか。世間に活気らしい活気を実感できない。人生最大の収穫期（ハーベスト・タイム）であり、また黄金期（アクメ）のときであるにもかかわらず、先行きの見通しも非常に暗いように見えます。

年金の受給年齢も七十五歳ぐらいまでに引き上げられるという話もある。逆に年金の支給額を引き下げることも検討されているという。医療の面でも、高齢者の介護施設は増えてはいるようですが、それが一種の収容所みたいにならないとは限りません。

そういうなかで、政府のシステムに依存して、自分の人生の後半生を考えることが、非常にむずかしい時代に入ってきているのではないでしょうか。

社会保障は、あればありがたい、当たり前のことです。憲法にも「健康で文化的な最低限度の生活を営む権利を有する」とありますが、憲法とて頼りにならない状態のなかで、どのように白秋期の収穫を得ればいいのでしょう。

身(み)も蓋(ふた)もない結論ですが、自分で考えてやっていかないと仕方ありません。自立の意識を持ち、しっかりした足取りで、自分なりのポリシーをもって、元気に生きて行くということが、目下、白秋期の人びとの最大の課題ではないかと思います。

先にお話ししましたが、トルストイは八十代で無一物(むいちもつ)を選択して、自己実現の旅に出、旅先で単独死しました。永井荷風は借り住居の荒屋(あばらや)で、質素な年金生活のはてに、孤独死の道を選択しました。これは、人生の本当の黄金を手に入れようと、おのずから下流老人の道を選んだと考えられなくもありません。

単独死、孤独死というものが、非常に寂しい、弱々しいことではなくて、二人とも「単独死、孤独死、結構じゃないか！」という方向に生き方を切り替えたのだと、私は考えています。

三・一一の東日本大震災の後、「絆（きずな）」ということが盛んに叫ばれましたが、私は絆という言葉にはある種の抵抗感があります。もともとの言葉の意味は、「家畜や動物を逃げないようにつなぎとめておくための綱（つな）」という意味でした。

私は戦後に青春期を送った人間です。その人間にとって、家族の絆とか、血縁の絆とか、地縁の絆とか、そういうものから逃れて自由な個人として生きるということが、一つの夢でした。ですから絆というのは、自分を縛る鬱陶（うっとう）しいものという感覚が強かったのです。いまさら「絆」などと言われても、という気分がどこかにあります。

白秋期の黄金を手に入れるには、「絆」ではなく、孤立しても、元気に生きていくという道を考えるべきだ、と思うのですが。

突然、預金残高がゼロになったら

さて、お金の不信にはじまり、貧乏嫌い、浪費癖の話、アニミズム経済革命の理念や単独死まで、ずいぶんいろいろと話をしてきましたが、要は、たかがお金、されどお金ということを、私なりに解釈してみたのです。お金は堅牢な城でもあるし、また砂上の楼閣でもある、と。

昔、お金といえば現金、現ナマでした。何億という金を移動させるのに、ギャング映画ではありませんが、実際アタッシュ・ケースやバッグを使っていたのです。

最近の日本人は、この現金に対する実感が薄くなったといわれます。カード社会が人びとに浸透して、現ナマ以外の決済手段がいろいろできたからでしょう。しかし、このカードというものも、私は信用していません。

二〇一八年、北海道に震度七という大地震が発生し、北海道全域で電力のブラック・

アウトという現象が起き、前代未聞の停電に見舞われました。銀行も、郵便局も、コンビニも、すべてのＡＴＭが使えなくなりました。

カード社会というのは、普段目に見えない電力に支えられています。いったん停電すれば使用不能、キャッシュカードに何千万円の貯金があっても、買い物もできなければ、クルマにガソリンを給油することもできなくなってしまいます。実際に、北海道で「マサカ」のそんな現実が起きました。

コンビニにしろスーパーにせよ、買い物はすべて現金決済となり、レジでは電卓が復活しました。停電は週末の真夜中でしたので、お財布の中身がさびしい人も多かったようです。郵貯にも銀行にも、年金や退職金の残高はしっかりあるのに、無一文と同じ状態です。お弁当一つ買えなかった高齢者の方もいらしたようです。

さいわい、停電は数日で回復しはじめ、徐々にカードが使えるようになったから、戦後の闇市のような混乱にはいたりませんでしたが、これがもし、一カ月、二カ月とつづいたら、一体どうなっていたことでしょう。

家庭用金庫が売れるのは、そんな危機を予感している用心深い人びとが、想定外に多いからかもしれません。

私たちは、いま電力万能のインターネット社会を満喫しています。コンピュータによる金融システムによって、便利で豊かな生活を送っています。AIはますます進化し、自動車業界は電気自動車シフトに雪崩を打って進んでいます。

まさにエレクトロニクス社会です。けれども、北海道の電力のブラック・アウトの原因は、皮肉なことに、そもそも電力送電システム保護のために、コンピュータによってもたらされたものだそうです。

これがもし、日本列島全域、いや地球規模で起こったらどういうことになるか。それも数カ月におよぶ事態となれば、私たちは原始社会のような生活に後戻りし、大惨事がもたらされることになるのではないか。

こんなバカげた想像もしました。
ある妄信的なハッカー集団が、神を冒瀆する資本主義社会を潰せと、総力をあげて、世界中の全銀行の国や企業や個人口座の全預金残高を消去することに成功したらどうなるか。

世界中のすべてのお金が一瞬にして無に帰してしまいます。ある日、キャッシュ・カードで残高照会をすると、ゼロとしか出てこない――。

もちろん妄想です。

バカバカしい、そんな狼少年みたいなこと言ったって、そうならないためのバックアップ・システムがちゃんと完備されているよ、と反論されるかもしれません。しかしそれも、発電所が正常に稼働しつづけていればの話です。緊急用の自家発電システムは代替システムにしか過ぎません。数日、数週間といったところが限度でしょう。

「金は親の敵（かたき）」と、薄い給料袋の現ナマを睨（にら）みつけていた昔は、まだ幸せでした。しかしキャッシュレス時代の現代、私たちはそんな危うい市場経済と金融システムに、全財産を託した生活をしているのです。

脱仕事主義のすすめ

眼をつむると、敗戦後の平壌(ピョンヤン)での地獄の日々が浮かんできます。どこに逃げるにしても、現金はかさばるので持っていくことはできません。金庫のなかの現ナマすら捨てなければなりません。そもそも国が潰(つぶ)れて、外国の軍票しか通用しない。金目(かねめ)の宝飾類を隠し持ったとしても、見つかれば命を狙われます。

貧富の差などということを超えて、お金というものの価値が消えて無くなったとき、人は自分が生き残るために、どんな生き物になるか。

私たちはいま、この快適な科学文明が、ますます発展してゆくものと信じています。けれども、私にはそうは思えません。

頭の片隅のどこかで、最近、世の中が少し変だと予感しているのは、私だけではないかもしれません。いま享受(きょうじゅ)しているような豊かな世の中に、これから先、どんな運命が待ちうけているかを考えます。

北海道大地震で生じた「マサカ」を目の当たりにして、そんないやな予感にとらわれました。

「白秋期」とは、この文明にいつまでもしがみつかない生き方を選択する季節です。無駄なエネルギーを消費せずに、合理的に冷静に歩いていく。周囲を眺める余裕もある。さまざまな経験もつんでいる。新しい物事を学ぶ気力や好奇心も衰えてはいない。

お金に頼らない、物質的報酬を第一としない暮らし、その人生最大の黄金期に、私たちはどのような収穫を得るのでしょうか。それは人さまざまでしょう。目的がお金を追い求めるようなこれまでの仕事のスタイル以外は、すべてが収穫の対象になるはずだと思います。澄んだ気持ちで自分とむきあい、これまで封印してきた自己を実現する。そこにあらゆる可能性が生まれる、と私は考えます。

中国唐代に、二人の禅僧がいました。一人が寒山、もう一人が拾得です。乞食のような身なりでしたので、乞食（こじき）仙人などというあだ名もあったようです。

寒山は深山の寺に住み、拾得は近くの岩窟（がんくつ）に住んでいました。二人はお金を持たないので、寒山が寺の僧たちの残飯を集め、それを拾得のところに運び、二人で食べていました。

ときどき山を下りては子供たちや動物とまじわり、禅問答のような遊びをして、また山に帰って行きました。

二人は高名な詩人でもあって、何百もの詩を遺（のこ）しました。その拾得にこんな詩があります。

無去無来不消滅（むきょむらいふしょうめつ）（去なく、来なく、生滅せず）

私はこれを、こう解釈したりしています――この世にはもともと何もないんだよ、と。

3章

長寿は幸福に能わず

——病院に依存しない生き方のすすめ

自然の力で「生かされる」

「白秋期」の人びとにとって、健康や体の老化の問題は切実です。しかも百歳まで生きるとすれば、自分自身の日々の健康管理も大いに気にかかるところでしょうし、自分の命というものについて、これまでの死生観も変更しなければならないかもしれません。家族や夫婦との関係ということについても、考え直さなければならないかもしれません。五十歳を過ぎたから、この先は余生というわけにはいかないのです。

私は1章で、六十代、七十代までは、いまや老人ではないと言いました。ですから健康寿命に恵まれていさえすれば、百歳の長寿は結構なことかもしれません。

が、寝たきりの生活では、本人も家族も大変な苦労をしいられます。介護や延命治療のお金は、国の援助があるうちはいいけれども、それがおぼつかなくなれば、自己負担ということになりかねません。そうなれば、老後破産は目に見えています。

そこで、この3章では、私は、あえて長寿は本当に幸福なのか、ということについて考えてみたいと思うのです。健康とは、命とは、寿命とは、何か？

私は、人間は自然の根源的な力によって「生かされる」べきだろうと考えています。人間は生まれた瞬間から死のキャリアであり、例外なく発症します。ですから、自分の一生を、芽生えの春から朽ち(く)ゆく冬になぞらえ、自然の四つの季節の移り変わりとしてとらえてみるのはどうか、と思っています。

であれば、人生の収穫期(ハーベスト・タイム)である「白秋期」を、人生最大の黄金期(アクメ)にするためには、どんな生き方を選択すればいいのか。

そこには、健康の問題や2章で述べたようなお金の問題もあります。老いと孤独の問題（5章でくわしくお話しします）もあります。私はそれを「白秋期」の3K（健康、経済、孤独）と呼んでいると言いました。

いずれにせよ、基本となるのは、自分の体です。肉体がなければ、私たちは存在しません。その生身の体の健康をどう保てばいいか、また死とどう向きあえばいいか。この章では、少しつっこんでそのことについて考えてみます。ただし、どうすれば百年健康に生きられるか、というハウ・トゥーではありません。

私たちは、百年の自然寿命を生きる時代を迎えています。それは「人生五十年」から、「人生百年」世界への歴史の大転換期を生きてゆくことでもある、と言えるでしょう。

しかし、たった一個の、宇宙に一つしかない、私という存在の人生の幸福は、五十年から百年という死の引き延ばしによってもたらされるのでしょうか。

私はそうは思いません。

人間の生存期間を、なによりも優先させるという考え方には、どこか問題があると思っています。もし百年の期間、この世に生きながらえることができたとすれば、そのことを感謝しつつ、あとは静かに自然の声にしたがったほうがいいというのが、私の考えなのです。

ところが、「百歳人生」ならまだしも、私たちの社会は、いま話題のｉＰＳ細胞などの再生医療や、遺伝子工学とかナノテクノロジーといわれる分野の劇的進歩によって、やがて二百歳、三百歳の寿命を生きる人間が出現する、それも遠い未来でなく、百年先ぐらいの、二十二世紀には実現するであろうという説が出てきました。本当だろうかと、眉に唾をつけたくなるような話ですが、こういうことのようです。

インターネット社会を築いた、アメリカの巨大IT企業のグーグルが、『死を解決すること』をミッションとするキャリコという子会社を設立し、そこに巨費を投資し、寿命延長のための生命科学事業を手がけている」というのです。

そのベンチャー企業のCEOは、なんと「五百歳まで生きることは可能かといえば、現在の段階でイエスといえる」と、あるインタヴューに答えたといいます。

この発言を読んで、私は、これでは人生の春夏秋冬もあったものではない、時代はまさに急速にSFの世界に近づいてきた。いよいよ世も末か、とため息をつきました。

私の意識のふかいところには、どうやらひとつの固定観念がひそんでいるらしい。「人間はあまり加工すべきではない」という観念です。これは感覚にちかいもので、ぜんぜん論理性をもたない思想です。

前著の『百歳人生を生きるヒント』のなかで、

「百歳人生を生きるには、そもそも、これまで信じてきた人生観や死生観の転換が求められます。『人生百年』時代にふさわしい生き方や、人間性についての考え方を、あらためて再構築し、新しい生き方、新しい哲学を打ち立てることが必要ではないか」

と書きましたが、もし、五百歳もの寿命の人間が出現するという話がほんとうだとすれば、それは単に政治や経済体制、新しい価値観や哲学の問題どころか、まさに人間という存在そのものについての考え方の大変革、大革命がなされねばなりません。

そもそうなったとき、私たちは人間、ホモ・サピエンスといえるのでしょうか。

百五十歳の女性の恋愛と結婚

私たちの手のとどかないところで進む、最先端の生命科学が惹起(じゃっき)する、この衝撃的な問題を、先ごろイスラエルのユヴァル・ノア・ハラリという歴史学者が本にして話題になっています。ハラリは、たとえば百五十歳の寿命の女性の人生を考え、こんな問題提起をしています。

「家族の構造や結婚や親子関係が一変する。今日、人は『死が二人を分かつまで』結婚生活を続けることが相変わらず当然と思われているし、人生の多くが子をもうけて育てることを中心に回っている。だが、寿命が一五〇年の女性を想像してほしい。四〇歳で結婚しても、まだ一一〇年残っている。その結婚生活が一一〇年続くと見込むのは、果たして現実的だろうか？　カトリックの原理主義さえ、二の足を踏むかもしれない」（『ホモ・デウス　上』ユヴァル・ハラリ著、柴田裕之訳／河出書房新社）

もしこういう関係が、一般的な社会の常識となる時代がほんとうに来るとすれば、たしかに親子関係ばかりか、男女の恋愛、仕事、人間関係などのすべてが、当然、現在の価値観からは想像もつかないような関係性になるでしょう。ハラリが指摘するように、宗教（神）の根拠さえ危うくなってしまうかもしれません。

最近、政府も経済人たちも、六十歳定年制を七十五歳にすべきではないか、いや定年制もなくし少子高齢化社会に見合った経営方式にすべきだなどということを、真剣に議論しはじめました。しかし、仮に健康寿命が百五十歳になったとすれば、定年制も何もない、まったく異次元の、経済システムや政治体制が出現することは間違いないでしょう。

たとえば百五十歳の元気な社長が経営する企業に、二十五歳の新入社員が就職したとします。すると、この若者は、その後の百二十五年の人生の設計図をどう描けばいいのでしょうか。

そもそも若者は、就職した会社での出世に情熱をかたむけるとか、そういう昔のような目標や目的が持てなくなる。自分の大切な人生の、百年もの遠い未来を、この会社に預けることなど、馬鹿らしくて、考えもしなくなるのではないでしょうか。

不安を煽(あお)りたてるつもりはありませんが、私たちは、じつはすでに、「百歳人生」時代になりつつあるいま、この未来の問題に直面しはじめていると、私は思います。

長寿社会になって退職後離婚が増え、定年後の夫婦の経済問題が生じています。逆に高齢者再婚も話題になっています。また元気なのに仕事がなくウツになってしまう男性サラリーマンも増えている。家族がバラバラで、親の孤独死も問題になっています。アルツハイマーや老老介護、延命治療の切実な問題もあります。また墓じまいなんてことも進んでいる。百五十歳を待たずして、いますでに、問題は山積みなのです。

サプリメントは現代の不老長寿薬?

老いとは残酷なものです。ですから古代の王様のように、私たちは永遠の若さを夢見て、いまも不老不死の薬を追い求めます。百歳人生時代を迎えて、アンチ・エイジングを謳(うた)ったサプリメント商品が大流行するのも、わからないわけではありません。テレビをつけると、有名無名を問わず「白秋期」とおぼしき世代の方たちが出演する若返りの広告が、流れない日はありません。製薬会社や食品会社は、商機を得たりと、人びとの欲望に応えるように、老化防止効果があるとするサプリメントや食品をつぎつぎと開発し、それが市場にあふれかえっています。

「これを飲みつづけたら三十代に間違えられました、もうやめられません」などといっている。まあ、イワシの頭も信心からと言いますから、なにごとも信じることは大事でしょう。しかし正直に言わせてもらえば、少々うんざりします。

私の仕事部屋には、全身が映る大きな鏡があります。寝る前に、ときどきそこに突っ立ってみる。鏡に映る自分を眺めていると、あらためて人間がいかにみっともない、取るに足らない存在であるか、ということがよくわかってきます。

ためしに、読者も鏡の前で裸になってみてください。

着ているものを順々に脱ぐ。パジャマの上を脱ぎ、下を脱ぎ、そして下着も脱ぐ。パンツも脱いで裸一貫の自分の体を鏡の前に晒して、じっくりと眺める。

なんという体であろうか。

白秋期を生きている人で、その鏡に映ったおのれの裸体を見て、惚れぼれと見とれる人は、まれに見る幸運な人でしょう。なかには八十代を過ぎても六十代にしか見えないような芸能人のスーパー・ヒーローがいるかもしれませんが、おおかたは自分の生まれたままの姿を見て、正直うんざりすることでしょう。

十代、二十代、三十代の若いあいだは、まだいい。しかし四十代を過ぎたあたりから、人間の体は少しずつ崩れてきます。それは自然なことです。

「いい加減」の底力

私たちは、このなんとも貧弱な肉体、たちまちのうちに老い、衰えていく肉体とつきあって、ながく共生しなければなりません。

どのように資産を形成しようと、大きな権力を握ろうと、優れた知性を身につけようとも、私たちは生涯、この貧弱な肉体とともに生きるのです。

そう思うと、鏡に映った見苦しい自分の姿が、無二(むに)の友のように思われてくるから不思議です。自分の体と仲良く、いい関係をつくること、すなわち健康が、白秋期の最大のテーマの一つというのは、そういうことです。

私は、若いころから、とりあえずこの体と生きるという考えかたを大事にしてきました。

この体と生きるということは、メタボとかアンチ・エイジングなどということではなく、この体の奥から発する内なる声を聞こう。その声を無視して逆らうと、肉体の反乱が起きると考え、自分なりに実行してきました。

それは「いい加減」に生きるということです。

人間がよく嚙(か)んで物を食するのは、あきらかに体によいとされますが、人間の体とは、過保護にすると安易に流れる。酷使すると勤続疲労を起こす。要するに、ほどほどがいちばん、という話です。

「いい加減」

という言葉を、肯定的に使うのが私の主義です。

風呂に入る。

「あーあ、いい気持ちだ」

と、思わず口にします。その場合の湯の温度は、熱すぎてもいけないし、ぬるすぎるのも困る。要するに、

「いい湯加減」

であることが大事なのです。

この、いい加減、または、よい加減、という微妙な物差しがコツなのではあるまいか。ジョギングだろうが、ウォーキングだろうが、ただやみくもにがんばればいいというものではない。すべてこの「いい加減」の手加減が重要だと思うのです。

病院に近づかない病気

私の白秋期のはじめのころだったと記憶していますが、六十代になったある年の秋、

ちょっとした出来事が起きました。突然、いわゆる下血というやつに見舞われたのです。

ふと白いトイレのなかをのぞいてみて、思わず、おや！　と首をかしげました。水の上に浮かんでいるバナナ大の便に、血がにじんでいるように見える。じっと観察してみますと、たしかに気のせいだけではなく、赤いものが認められます。

色あざやかな鮮血なら、まず痔を疑うところでしょうが、そんな感じでもない。といって、黒ずんだ血でもありません。ポリープだろうか。昔調子が悪かった十二指腸の故障かな、ひょっとして大腸がんかもしれない。それとも胃に潰瘍でもできたのだろうか。

こんなことを素人があれこれ推理すること自体が、ナンセンスというべきでしょう。怪しいと思ったら、すぐに病院へ、というのが現代人の常識というものです。

現代の病院は驚くほどのテクノロジーの進歩をとげました。一大コンピュータ・センターといっても過言ではありません。

検査ひとつにしても、肛門から内視鏡を入れて、直接腸内を観察する。あるいは超音波診断やCT撮影やMRI（核磁気共鳴映像法）、腫瘍（しゅよう）マーカーなど、じつに細やかな最新テクノロジーが患者さんを待っています。最初に患者が受ける、きわめてアナログ的な尿検査や血液検査でも、ほぼ病気の正体を見つけてしまいます。

私のような小説家が、おや出血かなと驚いて、トイレに顔を突っ込んで自分の便を鉛筆でつっつき回したりする必要なんか全然ないのです。本来なら、さっさと近くの医院に行って、便の〈潜血反応〉検査のようなものを受けるのがいちばんでしょう。

もし病気が見つかれば、インフォームド・コンセントなどといって、治療方法まで医師と患者のあいだで納得のいく話し合いと、十分なコミュニケーションが配慮されています。

とはいうものの、どうしても病院で正式の検査を受ける気になりませんでした。このときも、結局放置したまま、病院にはいきませんでした。

私はべつに病院嫌い、医者嫌いというわけではありません。ただなんとなく病院には近づきたくないだけの話です。これは一種の病気かもしれません。

　これまでにも病気についていろいろと書いてきましたし、むしろ医学や、病気などに関して人一倍興味を抱いている人間です。西欧の近代医学だけでなく、イブン・スィーナーなど古代イスラム医学の先達の本も読みますし、仏教と医療についていろいろ調べたこともあります。

　それにしても、自分では病院に行きたくないというのは、いったいいかなるコンプレックスの仕業(しわざ)でしょうか。いろいろ考えてみるのですが、ことは単なる面倒くさがりではないような気がしてなりません。

　たとえば、病院に行けばその瞬間から、自分が自分でなくなるような予感がします。じゃあ、何になるのかといえば「患者」になる。外国語でクランケとかペイシェントとかいいますが、日本語で丁寧(ていねい)に呼んだところで、せいぜい「患者さん」といったところでしょう。

「患者」のことを英語で「ペイシェント」と呼ぶのは暗示的です。語源はラテン語のようですが、耐え苦しむ人という意味です。病気やケガの苦しみに耐える人ということでしょうが、本来は、ペイシェントであってはいけないのではないか、そう私は考えるのです。

私たちが医師に治療を依頼するのは、病気やケガによる肉体的・精神的苦痛から解放してもらうためであって、苦痛を耐えるためではないはずです。痛みを医者に訴え、それから楽になることを依頼するのです。

しかし実際には、病院内の患者の立場は「苦痛に耐え」、また「治療に耐え」、「患者としての立場に耐える」人、というのが実態ではないでしょうか。私が病院嫌いでもなんでもないのに、病院に行くのが苦手(にがて)なのは、そのへんに、ひとつの遠因があるのかもしれません。

どうしても「患者」にはなりたくない、という気がする。「患者」という言葉自体に、一般社会における人間関係から切り離された存在の匂いがする。あえて無遠慮に言わせてもらえば、「囚人」の側に近いような気が、私にはしてくるのです。

「そのまま生きよ、死ぬときは死ぬ」

治療や検査に際しては、医師と患者の信頼関係が必要です。担当医師を信頼できなくては、治療もなにもありません。相互の信頼関係あっての治療なのです。しかし、患者のほうから考えてみますと、古い友人の医師ならともかく、初対面の医師をどう信頼すればいいのでしょうか。その学歴か、知名度か、紹介者との関係か。それとも肩書きか、態度や言葉づかいか、それとも年齢か。

そんなことが信頼関係の物差しになるわけがありません。東大の医学部をトップで出ようが、何千例の手術をこなしたキャリアだろうが、人間を信ずるということは大変なことなのです。

こう考えてみますと、病院で治療を受けることは、宗教とよく似ていることに気づきます。信仰の根本原理は「信ずること」にあります。理論はあとからついてくる。

科学を信仰からはっきり切り離したのはデカルトですが、現代の私たちは、医療に関して宗教的ともいうべき姿勢で対しているのではないでしょうか。それもかなり安易に「信ずる」契機を選んでいるのではないでしょうか。

つよい信仰を獲得した人は、みな必ずさまざまな遍歴を経たのちに、何かに出会っています。仏教で言えば法然も、親鸞も、日蓮も、道元も、それぞれに独自の信仰をきずきあげた宗教家ですが、はじめはみな比叡山で天台の修行をし、そこからドロップアウトして新たな道を模索した人たちです。

しかし私たちは、ガンのような命にかかわる問題にさえ、評判や、紹介や、有名度や、偶然のきっかけによって病院と出会い、医師への信頼を誓うしかありません。政府や、銀行や、教育さえもなかなか信用できない時代に、どうして病院だけが信頼できるでしょうか。

私は、医師たちの情熱を信じています。科学の達成を尊敬もしています。人間的に信頼するに足るすばらしい医師や、良心的な医療施設の存在も知っています。

しかし、現在の「患者」という言葉でくくられる存在には、なりたくないと感じてしまうのです。

私はこれまでに、いろんな体の不調に見舞われてきました。しかし、それを安易に病院に駆け込むのでなく、「いい加減」に、自分でなんとかなだめすかしながら、どうやら倒れずに生きながらえてきました。

交通事故で大けがをしたり、盲腸炎を起こしたりすることがなかったのは単なる偶然であり、幸運でしょう。しかし、治すのではなく、折り合って生きるという私の思想に支えられた部分も、わずかではありますが、多少は役立ってきたと思います。

「病気にならない」のではなく、これまで己が抱えている病気を、出さないように自分で工夫（くふう）してつとめてきました。

まわりの友人や家族は、そんな私のかたくなな態度を、「非常識」とか、「あまりにも馬鹿げている」とか、「いい加減すぎる」とか、本気で批判したり怒ったりしました。無理もない、と、私も思います。

心臓が締めつけられるような苦痛で倒れたり、頭が割れそうに痛んだり、下血がつづいたりすれば、だれだってふつうの市民なら医師に相談するか、検査を受けるかするでしょう。

それをしないのは、私が臆病だからだと言う人もいます。検査や治療が恐ろしいのか、と笑う知人もいます。しかし、それらの批判を甘んじて受けながら、それでも内心ひそかにつぶやく言葉があるのです。自分の内なる声、体の深いところからかすかに聞こえてくる、

「そのまま生きよ。死ぬときは死ぬ」

というひそかな声にしたがおう、という考え方です。

腺病質と自然治癒力と

私は、過度に健康を気づかうことは、一種の病気かもしれない、と思っています。汎(はん)

濫する健康記事、健康番組に、一喜一憂するのは、健康という病である、と。

しかし、八十六年も生きてくると、ときどき体の深いところから、しきりにざわめく不穏なものを感じるときもあり、不安でならなくなるのも事実です。明日にも失神して、救急車で病院に運びこまれるかもしれないと考えたりします。けれども、そのときは、そのときです。それもひとつの見えざる運命のはたらきと受け入れるしかないでしょう。

六十年以上も病院のお世話にならずに過ごしてきた、といえば、人は私のことを、とくに健康な体の持ち主のように思うかもしれません。しかし、それは誤解というものです。私は人並み以上に体の弱い人間であり、いまでもしょっちゅう倒れたり、寝込んだりしながら暮らしています。

幼いころから、両親は私を「腺病質な子供」と見ていました。丈夫な子供ではなく、その反対の弱い子だったのです。そして敗戦を迎え、戦後の引き揚げ後は、貧しい暮らしがつづき、病院どころか市販の薬を買う金もない時代であったために、幸か不幸か、病院とはほとんど縁が切れてしまったのでした。

三十代のはじめに、作家としてデビューし、物書きとして働くようになってからは、ほとんど想像もできないような無茶苦茶な生活がつづきました。

当時はペンを抱いて討死にする、というのが、世間から作家の栄光のように思われていました。いま思い起こせば、奇妙な時代だったかもしれませんが、戦後の流行作家たちは、そんな思いを抱きながら、競い合って作品を生み出していったものです。

それからきょうまで、何度となく「危ないな」と自覚する瞬間もありました。いまでもときどき、その夜のことを思い出します。徹夜つづきのホテルの一室で、肩から胸へかけて締めつけられるような痛みを感じ、目の前が真っ白になって絨毯の上に倒れたまま動けなくなってしまいました。それでも意識が回復すると、そのまま書きつづけました。

こんなときもありました。なぜか息が吐けなくなって、地下鉄に乗ったりすると呼吸ができないような苦しみに襲われるのです。それも、三日、四日どころではない。一週間もつづく場合もありました。そんなときは、梅干しだけをなめて、死んだようにじっとしていました。それでも不思議なことに、回復してくると嘘のように元気を取りもどしました。

考えてみれば、よくもきょうまで生きてきたもんだというような体験を繰り返してきたのです。そしてそのつど、自分勝手な診断を下して、いい加減にやり過ごしてきました。

あ、これは狭心症の発作らしいぞ、とか、どうも肺気腫っぽい感じだな、とか、こいつはたぶん十二指腸潰瘍かもしれないから、少し仕事を休もうか、などと、専門家からは大目玉をくらいそうな勝手な判断をし、それでもなんとか病院へはかよわずに通してきたのです。もちろん自由業の気ままさから、これまで検診などという体験は一度もありません。自然治癒にまかせるなどといえば聞こえはいいですが、足をくじけば、自分で朝晩さすって治してきたのです。

一生は五億回の呼吸

私は、いまタバコを吸いません。肺がんのリスクになるからというわけではありません。敗戦後の外地での混乱のなかで、十三歳のときにタバコを吸いはじめ、四十代のはじめにやめました。それも固い決心をしてがんばってやめたわけでなく、「いい加減」に吸って、「いい加減」にやめたのです。

四十二、三歳のころのことですが、どうも肺の調子が悪くて、残気感とでもいうのでしょうか、息を吐くときに、吸った息の三分の一ぐらいしか吐いていないような感じがして仕方ありませんでした。

息を吸うたびに、それがどんどん溜まっていって、なんだか胸が詰まって苦しくなってくる。先ほども言いましたが、地下鉄に乗ると息が苦しい。しかし、そのうちに、朝、タバコを吸うのがなんとなく気が進まなくなってきました。そして、やがていつのまにか、吸わなくとも平気な自分に気がついたのです。

いまの医学的立場からいえば、喫煙は体に悪いとされています。受動喫煙ということもやかましくなり、喫茶店や居酒屋やバーでも、禁煙あるいは分煙とすることが、国や都の条例でも決められました。

タバコは体に害がありそうだということは、だれもが認めるところでしょう。しかし、だからといって、いまの禁煙運動を百パーセント賛成する気にはなれないのです。あらゆるものには、マイナスの要素とプラスの要素があるというのは、経験的な真実です。

生物学者の本川達雄（もとかわたつお）さんは、『ゾウの時間　ネズミの時間』（中公新書）という本のなかで、おもしろいエピソードを紹介しています。

哺乳類は、その生涯を無事に生き抜いたとして、だいたい一生に五億回呼吸する、して、スーッと吸ってハーッと吐く一呼吸のあいだに、心臓は四回打つと一生だと二十億回です。これはネズミのような小さな動物でも、す。

通しているという。もちろん人間も例外ではありません。

生まれたときに二十億円の貯金をもらい、それを毎日毎日使いながら生きていると考えてみましょう。交通事故にもあわず、病気もせず、理想的なかたちで長生きをしたとしても、五億回の呼吸と二十億回の心臓の鼓動で、哺乳類は一巻の終わり。象もネズミも人間も同じです。百歳人生というなら、一年五百万回の呼吸ということになる。

では、それをできるだけ長持ちさせるには、どうすればいいのか。

その方法は子供にもわかるはずです。早く呼吸すればするほど貯金も早く使い切ってしまうのですから、ゆっくりと呼吸するしかない。つまり、深い呼吸が大事だということでしょう。

座禅、ヨガ、気功、太極拳（たいきょくけん）など、どれもみな、ゆっくりと臍下（せいか）丹田（たんでん）に息を吸い込んで、ゆっくりと吐き出す。そうすることで心拍数も低下することは言うまでもありません。

この、よい呼吸法について、ブッダは、教えています。

アーナ・パーナ・サティ・スートラというもので、中国語では『大安般守意経』という仰々しいタイトルのお経ですが、アーナは「入る息」で、パーナは「出る息」、「入息」と「出息」です。サティは「気づく」、スートラは「教え・経」という意味です。

私は呼吸法を、自分なりに実践・体験してきましたが、何十年もそれをやってきて、出る息、出息、つまり呼吸の呼である吐く息に意識を置いて、ていねいに長くするのがいい、と考えるようになって、いまもそうやっています。

よい呼吸法といっても、しかし、いまの世の中はストレス社会です。心臓に早鐘を打たせるような出来事が身の回りにあふれています。だれもが息せききって走っているようなあわただしい生活のなかで、心をしずめ、腹式呼吸でゆっくり息をするということを、毎日きちんとつづけていくことが可能な人は、まず少ないのではないでしょうか。日々、体を整えることを養生といいますが、これは5章でくわしくお話しします。

さて、先ほどタバコの話をしましたが、ところが、おもしろいことに、横から観察していますと、タバコを吸っている人は無意識のうちに、それをしているように私には見えます。何かひとつ厄介(やっかい)なことが終わって、

「ああ、やれやれ」

というときに、人はタバコに火をつける。そういうときの吸いかたを見ていますと、じつに旨(うま)そうに深々と煙を吸い込み、天井に向ってフーッと長く息を吐き出します。あれはじつは、ニコチンを吸収しているというより、深く、ゆっくり息をしたいという生理的な欲求のなせるわざではないでしょうか。無駄(むだ)に浪費した呼吸数と心拍数のバランスを取ろうとする、無意識な生命の自然の働きだと、私には見えるのです。

直感の見えない力にしたがう

先ほど言ったように、タバコにはさまざまな害があることは、だれでもわかってい

ます。わかっているけれども、あらゆるものにはプラスとマイナスの要素があります。作用と副作用があるのは当たり前のことです。

ガン細胞に対してつよく作用するクスリは、人間の体にとっても非常に危険な面があることも事実です。しかし、髪の毛が抜けても、免疫力が極端に低下しても、とにかくいまは局部的にガン細胞を抑え込もうというギリギリのところで、プラスとマイナスをできる限り精密に判断しながら、医師は慎重（しんちょう）にそれを使っていく。

しかし、それでも副作用は避けることができません。全体としての人間にとって、果たしてそれはどうなのか。そして本人の苦痛や気力の衰えは？　そこにはとても難しい問題があると思われます。

人間にとって有効なもの、快楽や刺激を与えるものというのは、当然のことながら、その反対の要素をたくさん持っている。そのへんをうまくクリアする手がかりとなるのが、いわゆる「いい加減」なのではないでしょうか。

親鸞が『歎異抄（たんにしょう）』のなかで「業縁（ごうえん）」ということについて語っているのは、印象的です。

その人にその業縁あらば、望まずして人を殺すこともあるだろう。そしてまた、その業縁がなければ、殺せと言われても、どんなに殺したいと望んでも、ひとりの人間さえ殺すことはできない。業縁という目に見えない力に動かされて、人間は動くものだから、自分でこうしようと決めても、なかなかそのとおりにはならないのだ、と。

この「業縁」という言葉は、私の考えでは、目に見えない大きな力、または生命の流れ、その力に自然に身をゆだねて生きることの大事さを語っているのです。人は自分の思うとおりに生きることができない。また、人間が世界を思うままにできると考える傲慢(ごうまん)さを、戒(いまし)めていると受けとってもいいでしょう。

自然の見えない大きな力に身をゆだねる――なにか頼りなく「いい加減」な感じがしないでもありません。しかしいい加減に生きるということは、ちょっと見には簡単そうに見えるけれど、じつは非常に難しいことかもしれません。なぜなら、お手本がないわけですから。

百万人の人間がいれば、百万の真実があり、百万の「いい加減」があります。自分にとっての「いい加減」を発見していくきっかけとなるのは、教科書でもなければ、数字でも検査の結果でもなく、その人自身の直感です。「私のいい加減はこれなんだ」という、体験からくる本能的な感覚こそ重要なのです。

本に書かれていることや、人の言うこと、社会の常識となっていることを鵜（う）のみにして、自分がいま感じている本音（ほんね）を歪（ゆが）めてはなりません。私は、自分の直感にしたがってそう思います。

体と宇宙の共振作用

世の中には、いまの常識や科学では説明できないことがたくさんあります。私はこの章で、自分の体のこと、健康のこと、現代医療や病院のことなどを、あれこれ気ままに、「いい加減」に語ってきました。それは常識に外れたことばかりだったかもしれません。

しかし、たとえば、千日回峰（せんにちかいほう）の行者（ぎょうじゃ）さんたちがいます。彼らがとっているカロリーと、出ていくカロリーは、どう考えても栄養学的には数字が合いません。彼らはなぜ、お粥（かゆ）や梅干しや粗末な食事をとりながら、日々の荒行（あらぎょう）をつづけられるのか。

またたとえば、どこかで親しい人が亡くなったときに、突然、人が胸騒ぎを感じたりするのはなぜか。

私は基本的には科学を信じている人間です。ただ科学の歴史というのは、古い時代から数えてもせいぜい四、五千年ぐらいのものでしょう。それは人間が生きてきた何百万年という歴史から見れば、ほんの瞬（また）きするような瞬間の積み重ねに過ぎないと言ってもいいと思います。

そう考えますと、宇宙の塵（ちり）ひとつでしかない科学の達成によりかかって、すべてのことを断定したり、行動したりする危うさに気づかざるをえません。先端科学の知識や数字だけに頼っているのは、じつは非常に頼りない味方に命を預けているようなものではないか、と。

だからこそ、私は個人の直感や本能といったものが大切だと思うのです。人間の体のなかの、内なる声。それは宇宙の果てまで届くような力を持っていると、私は考えています。

女性の生理の周期は、天体の運行の周期や潮の満ち干(ひ)きと関係しているらしい。人間の体もまた、ひとつの宇宙なのです。そして、体の内なる声を聴くということは、宇宙の声を聴くということであり、親鸞の言う「自然法爾(じねんほうに)」の声に耳を傾けることにも通じるのです。

と言っても、すべての科学や常識を捨てて、直感や本能だけを信じろなどと、無茶なことを言っているわけではありません。

よく人間には無限の可能性があると言ったりします。しかしそんなことはありません。素潜(すもぐ)りで一万メートル潜ることなどできはしない。百歳人生の時代というけれども、五億回の呼吸と二十億回の心拍数を、はるかに超えて生きつづけるのも無理でしよう。

それを一方でちゃんと認めながら、もう一方で、ふつうに考えられている常識を超えたものの力を認めていく。科学か直感かという二者択一(にしゃたくいつ)ではなく、そのふたつのバランスのとれたところに、自分にとっての「いい加減」を発見したいと思うのです。

それはたしかに難しいことではあります。非常に難しいことだけれど、その「いい加減」の程度を発見していく過程にこそ、人生の収穫(ハーベスト)はあるのではないか。八十六年という人生を、「いい加減」に生きてきたいま、私はそう強く信じているのです。

人間は死を克服できない

私はこれまで、「人生百年」時代は人間にとって天国か地獄か、と疑問を投げかけてきました。

たしかに、医学や科学の進歩の恩恵で、人の寿命は百歳まで、いやもっと延(の)びるという。そういう大転換の時代を迎えているいま、人間という生き物への価値観が追いついていない。人生の生き方や、死生観が、つい昨日までの「人生五十年」と考えられていた時代のモノサシのままでは、やっていけないところまで来ているのではないか、そう思っているのです。

歴史学者のハラリは「通りであなたの隣をすでに不死の人たちが歩いているかもしれない。少なくとも、あなたが歩いている通りが、たまたまウォール街か五番街であれば」とこんなことを書いています。どういうことかといえば、要は寿命延長には、お金がかかるということなのです。

やがて五百年の寿命を有する人が誕生する可能性は十分ありますが、それは、豊富な資金を持っている人、という条件付きのことなのです。つまり現在の生命科学の主張によれば、「二〇五〇年時点で健全な肉体と資金を持っている人なら誰もが、死を一〇年単位で先延ばしにし、不死を狙って成功する可能性が十分ある」と言い切っています。

まあ、わかりやすく言えば、地球上の全人類のなかの十パーセントぐらいの超富裕層は不死を得るが、それ以外の人びとの寿命は、個人の懐(ふところ)具合しだいというわけです。

つまり、近未来の社会に暮らす人間は、金さえあれば、まるでクルマの部品を交換するように臓器などを交換しながら、十年、二十年、五十年、百年、二百年、五百年と寿命を延ばすことができるようになるというのが、この本が紹介する生命科学の最前線の情報です。

ところで私が、この『ホモ・デウス』に注目したのは、そんな楽観的なSF的予言のためではありません。むしろその逆です。私の関心事は次の二つの事実です。

ひとつは、

「人間の自然寿命は、約百年であるという事実」

もうひとつは、

「人間は必ず死ぬ。寿命を人為的に引き伸ばせても(非死)、死を克服(不死)できない」

この二点です。人類学と生命科学の詳細な歴史と現在を検討した結論は、人間は必ず死ぬという振り出しにもどったという事実です。

現代の最先端生命科学をもってしても、じつは人間の自然寿命である百年をただの一ミリも延ばせない。また、肉体のパーツを交換したりして死を延長することはできても、死を克服することはできないという事実です。もう少し正確にこの本の言葉で言えば、個人の非死（アモータル）は可能だけれども、不死は不可能である、ということです。

死を意識して生きる

「死は前よりしも来（きた）らず」と、古人は言いました。

気がついたときは、すでに後ろに迫っている。ポンポンと肩を叩（たた）かれてふり返ると、そこに死神（しにがみ）の笑顔がある。

六十代、七十代の「白秋期」の人間ならずとも、この言葉には、妙なリアリティがあります。

私たちは「あと何年生きるだろう」と、予測します。はるか前方に、死が遠くかすんで見えるような気で生きています。

しかし、

「死は、前よりしも来らず」なのです。

足音を立てず、静かに背後に忍び寄ってきているのが「死」というものです。

「メメント・モリ」という言葉もあります。訳すと、「死を想え」ということになります。生きてあるその日のうちに、たえず死を意識せよということでしょう。

私はときどき、ブリューゲルの「穀物の収穫（ハーベスト・タイム）」という有名な絵を眺めながら、この「死を想え」という言葉を連想します。秋の穫り入れを祝う絵にもかかわらず、どことなく、「愁（うれい）」を感じさせられるのです。

なぜ死を想わなければならないか。死は人間にとって悪と考えられてきたからです。

死の克服と不老不死は昔からの人類の夢です。秦（しん）の始皇帝は血眼（ちまなこ）になって不死の薬を探し求めました。エジプトの王様たちもまたしかりです。洋の東西を問わず、文明の進歩の根幹を突き動かしている衝動（しょうどう）は、この死の克服への希求と言えるかもしれません。

私は、白秋期を生きる大きなテーマの一つは、老いと健康の問題にあり、と考えています。

1章で述べたように、白秋期は人生最大のハーベスト・タイムです。その中心世代は六十代、七十代ですが、この季節を人生の黄金時代（アクメ）とするための準備期間は五十代であるとも言いました。

人生の後半がはじまる五十代は、人生の下山のはじまる年代です。百歳人生とはいえ、老いの足音が迫ってくる季節です。

ですから白秋期は、人生の黄金時代であると同時に、老いを受けいれる自覚が必要な季節とも言えるのです。

死と同様、だれも老いというものをまぬがれえません。年を重ねていく、成熟していく、と、老化を美化する言葉はいろいろあります。しかし、物質は必ず変化して異なる形態をとっていくことは、自然の摂理です。

初夏には、爽やかな香りを放っていた緑の葉っぱが、夏の盛りには、生命力あふれる強烈な匂いを放出する。そして晩秋になると、葉を落とし、地上ですえた腐臭を放つようになる。

蓮如は、朝には紅顔ありて、夕には白骨となれり、と言いました。

だれも老いや死を否定することはできません。しかし死を否定して止まず、死を悪と考えるところから、近代医学も、現代医療における延命医療なども行われています。

私も何人となく身近な者をなくしてきました。最後に「もうよい、無理をしなくてもいい。しんどかったなあ。もうよい、もうよい」と、その死を肯定することの難しさは、いやというほど知っています。

しかし、死は悪ではなく人間的なものと思うのが自然ではないでしょうか。

先ほど収穫の愁と言いましたが、「秋」という字の下に「心」と書く愁は、自分自身の問題です。なんとなく心が晴れず、もの寂しい心持ち。それが愁です。ロシア語にトスカ（暗愁（あんしゅう））という言葉がありますが、同じような意味です。二葉亭四迷（ふたばていしめい）はそれを「ふさぎの虫」と訳しました。

人間は、生涯この愁を抱えて生きる生き物なのだ、と私は考えています。

「不死」という不快

私たちは、死をマイナスなものとして考えがちです。しかし、先の現代科学の結論を前にして、百年の生命エネルギーを与えられて、この宇宙に生じ、やがてそのエネルギーを使い果たして消滅する運命にある人間という存在に、ほっと、安心感のようなものを感じます。

最初に、人間は自然の根源的な力によって「生かされる」べきだろうと言いました。

たとえば私は、エネルギー不滅の法則みたいなものを感じているので、川の水のように流れていって、大海へ注いで海の水と融和(ゆうわ)して、そこで自分の生は終わる、と考えています。そのあとで、海水が太陽に熱せられて蒸発して、新しい水蒸気となって雲となり、また降り注ぐ。

ですから、自分の流転を信じているのではなくて、生命エネルギーの永久運動ということを考えています。

自分がいなくなれば無になるけれども、それは大きな海のなかで海水に溶け込んでしまって、そこでもういままでの自分ではなくなる。でも、その海水はまた水蒸気となり、雲となり、雨となって降り注いで、また一つの命になるのではないかと思う。そう考えて、自分が大海で消滅するということは確実に納得します。

自分が消滅する。消滅してどこへ行くかというと、海のような大きな世界のなかに溶け込んでしまうのだと考えると、自分が死ぬことに希望が持てる。

とはいうものの、不死あるいは死と再生ということは、人間にとって永遠のテーマでしょう。

よく知られているように、仏教では輪廻転生は「苦」とされています。六道輪廻といって、六つの輪廻のなかで、善は天人と人間と修羅の三つしかなくて、あとの三つは、畜生、餓鬼、地獄。ひどい世界です。生きている限り輪廻を繰り返さなければいけないというのは、非常に嫌なことです。同じ人間が生まれ代わり立ち代わりするというイメージは不快です。ですから、仏教というのは、輪廻の輪をストップさせることを一つの大きな目標にしています。

個人の消滅と、生命エネルギーの永続性というのは別ではないのか。

以前、『大河の一滴』（幻冬舎）という本で語ったように、生命の永続性というのは、溶け込んでいくということです。地下水になって、小川から大河の一滴となったときには、ありとあらゆるところから流れ込んでくる汚染水も清流も全部ひっくるめた大河の一滴になる。海に流れ込んでいったときには、もう海の水になってしまう。そのなかで自分がどんどん消えていく。自分はもう大きな海のなかに溶け込んでしまう。

そう考えると、自分の死というものが、単なる無意味な死でなく、そうかと言って、立派な死でもなく、浄土へ行くとか、そういうものものしいことでもなく、自然に納得がいくような気がしてきます。自分が消えるということは、大きな海のなかに溶け込んでいくわけですから。

ですから、海は生命のふるさとのアナロジーであって、そういうところから、太陽に熱せられて新しい水蒸気が雲になり、雨を降らせてまた一滴となる。でも、それはもう自分ではないわけです。自分の生命は、大河の一滴で海へ流れ込んだときに終わってしまいます。

道教の世界で、

大河の一滴
大海の一粟

という対句があります。これは道教の学者・福永光司さんに教わった言葉です。一粟というのは、一粒(ひとつぶ)の粟(あわ)のことです。本当に小さなもののたとえです。この言葉を教わったときに、その二つが結びついて、大河の一滴は海へ流れていく。海のなかの粟の一粒のような存在として、そのなかに溶けてしまう、というイメージが浮かんだのです。

私は生命の循環をそう考えます。

その考え方に共鳴してくれる人は、そう考えてもらえればよいし、また、それと同時に、自分なりのストーリーを作るということも大事なことです。与えられたストーリーというのがあって、浄土とか、地獄、極楽とか、天国とか、そういう既存のストーリーだけでは、現代人は疑い深いから飽き足りないのです。

一人ひとりが自分の死後、つまり後生(ごしょう)と言いますが、死のストーリーを自分なりに組み立てるということを、想像力を駆使してやることは、百年という自然寿命を与えられた私たち人間にとって、不死を切望し悩むことよりも、はるかに白秋期というハーベスト・タイムの楽しみになるのではないでしょうか。

4章

ことわざの効用

――巧言令色（こうげんれいしょく）のすすめ

情報より「ことわざ」を頼るわけ

これまで「白秋期」の大きな不安の二つの要素、お金と健康についてお話ししてきました。私は、この大きな不安に、読者が押し潰(つぶ)されないためにはどうしたらいいかというヒントの一つを、私の経験にもとづいてお話ししたつもりです。でも、その話のほとんどは、いまの常識と正反対であったり、常識から逸脱した考えばかりに思えたかもしれません。

ただ、溜飲(りゅういん)が下がったと感じられた方もいらっしゃったかもしれません。日本では、お上(かみ)とちがう意見を言うことを恐れ、他人の顔色をうかがう傾向が社会にあります。また反対意見などを滔々(とうとう)と述べると、「巧言令色鮮(こうげんれいしょくすく)なし仁(じん)」と、白い目で見られたりもします。

でも、私は、おおむね常識というものを疑っています。

「白秋期」という黄金期を生きるなかで、現実の不安に潰されないために私が頼りにしたものは、意外かもしれませんが、言葉の力でした。

前章で、黄金期は、ゆるやかに老いてゆく季節でもあると言いました。老いるということは、一方で成熟でもあるし、彼の深い知恵や思想、豊かな体験や記憶は、若い世代に尊敬され学ばれねばなりません。その根本は語ることにある、と私は思いました。

語れ、語れ、蓮如の言うがごとく、そう自分に言い聞かせ生きてきました。先ほども言いましたが、日本では、多くを語る者は浅いなどと言って軽蔑されます。けれども私は、他人になんと言われようと、その逆の道を行きました。私にとって語ることは書くことを意味します。ですから必死になって書いて（語って）きたのです。

お手本は、ブッダにあり、などと言うと顰蹙をかいそうですが、そもそもブッダは一行も書くことはしませんでした。ブッダは瞑想の人であると同時に、語る人だったからです。書くのは、はるか後の弟子たちの仕事でした。

私にとって、語ること、すなわち言葉をあやつる（書く）ということは、なにもお説教をすることではありません。いや、そんな高尚なことが、悟りも開けない私にできるわけもありません。私がめざしたのは、老いて八十歳にして出家したブッダという人の生き方にありました。ブッダは旅の途上で山林に野垂死にをします。

「白秋期」という季節は、玄冬へとつづく下山の道のりです。やはり老いの自覚も持たなければなりません。ですから、お説教もどきで若い世代を押さえつけたり、軽蔑したりせずに、悠々と豊かな「白秋期」を深めていくことが大事だ、と私は考えていました。

青年は、荒野をめざす。白秋の人もまた荒野をゆく、と。

これまで、六十代、七十代の白秋期、そして八十代の半ばを過ぎた玄冬期を生きてきました。いろいろと危険な場面にも出会いました。このまま死ぬのか、と思ったこともあります。こんなに長生きをするとは思いませんでしたが、人間が生きていくということは、ほんとうに大変なことだという実感を持ちます。

いまでも、よく意表を突かれたり、想定外の困難に出会うことがありますが、そんなときに、

「ああ、そうだったか」「ああ、なるほどな」

と、しみじみと実感させてくれるのが「諺（ことわざ）」の力です。

人は、目の前にある苦しい現実や不安を、素直に納得したり、容易に受け入れることはできません。反発したり、若いときには一方的に反駁（はんばく）したりもします。しかし齢（よわい）を重ねるにつれて、自分の物ごとの見かたが、だんだん一面的でなくなってくることを感じるようにもなりました。

『リア王』に、両眼をえぐり取られた男の言葉が出てきます。

「目が見えなくなってから、かえって世界や人の心がよく見えるようになった」

たしか、そんな逆説的な言葉だったと思うのですが、ここでシェークスピアを気取る気などさらさらありません。けれども年をとってくると、心の奥の「気づき」の力

が、頭をもたげてくるのも事実です。そういう「気づき」の力をあたえてくれるものの一つが、ことわざというものです。

　ことわざと言っても、偉人賢人の箴言や、哲学的アフォリズムやエピグラムといった類のものではありません。昔からひろく世の中の人口に膾炙している、ふっと口の端にのぼるような、ごく身近な生活の知恵のような言葉です。

　これが、じつは静かに、力強く効くのです。人生の杖言葉と言えるかもしれません。少なくとも、私の場合はそうです。

　ことわざというものは、だれでも子供のころからよく耳にするものです。ただ幼いころは、まだ意味もよくわかりませんので、あまりまともに受けとめることはありません。韻の調子が良いので、言葉遊びの一種ぐらいにしか思わない。

たとえば子供のころ、なにか事を急いで失敗すると、思わず、

「そうだ、急がば回れ、と言うよな」

と、口惜しまぎれに言ったりする。ほとんどその程度で、軽く流してやり過ごして

しまうものです。

けれども、荒れ狂った青春期や、朱夏の夏の強い日差しのような世の中を生き抜いて、少し落ちつきを得られる「白秋期」を迎えるころから、私はこういう、古くからの手垢のついたことわざや言葉に、より共感し、感心することが多くなってきました。

いま私は、八十路の後半にさしかかりましたが、日本も世界も地球も、大変をとおりこして、これまでにないほど予測不能な、未来の見えにくい世界に直面しています。

まさに奇っ怪と言っていい、そのマサカの時代をなんとか生きながらえていくためには、処世の知恵が必要になってきます。信念とか、思想とか、哲学とかそんな大げさなものでなく、不安に押し潰されないために、なにか頼りになる言葉がほしい、そんな実感を持ちます。

そういうとき、切実に感じるのは、古い金言格言の類のありがたさです。昔から耳にタコができるくらい聞かされてきた、月並みな言葉の大事さが、不思議なくらいひしひしと感じられてくるのです。

氾濫（はんらん）する情報の言葉より、信じられる言葉、それがことわざです。

ことわざには即効性がある

ことわざとはじつに不思議なもので、いつのまにか、どこからともなく耳に入ってきて、社会に伝承されて、多くの人の脳裏に記憶されていくようです。いつ、どこで自分の頭に入ってきたか、どの本で学んだのかということが、判然としない。

落語のなかでも、ちょっと知恵のある長屋の大家さんが、

「おまえたちは、ほんとうに学というものがないね。このことばは、カクカクシカジカというお坊さまがおっしゃったことばで――」

などということを、熊さん八つぁんに話して聞かせる場面がときどきあります。

寅さん映画に出てくる、下町の庶民を代表するような団子屋のおやじさんが、

「『君子危うきに近寄らず』って言うじゃねーか」

と、客に得意げにしゃべったりしているところを見かけたこともあります。

要するに、ことわざというのは、いろいろな人が正確な意味はわからなくても、困ったときの大人の知恵として、なんとなく自由自在に使っている。世間知のように広く使われていることわざの特徴は、即効性があり、実用的なことだと思います。いくら高度な哲学を学んだとしても、日常生活で、たとえば嫁姑のなかに分けいって、こうしたほうがいいよと結論をだそうとするとき、理性的な知識は角が立ってすぐには役立たないことが多い。婉曲でとおまわしな喩えのほうが丸く収まる。一方で、

「秋茄子は嫁に食わすな」（美味しいものを嫁に食わせるな。秋茄子は冷えるから嫁の体に悪い。種が少ないから子供ができなくなる等の俗説）——なんていう下世話なことわざが、反射的に浮かんだりもします。

ことわざに解決の糸口を見つけようとしても、見つからないこともあるし、ことわざに従っていればまず無難、百パーセント間違いなしという保証があるわけではあり

ませんが、私たちがなにかを選択したり、行動をうながされたりするときに、ことわざが背中を押してくれるということはよくあることです。

権力の理不尽さを前に、どうあがいても正義を通せないようなとき、まあいいか、仕方がないさと自分を正当化するようなとき、

「『長いものには巻かれろ』って言うしなあ――」

とつぶやく。そういう感じであきらめるときに、がっくりと崩れそうな自分を添え木のように支えて、バックアップしてくれるのがことわざなのです。

「長いものには巻かれろ」は、闘うよりおとなしくしていたほうが得、というような意味でしょうが、もう一つ、はじめからあきらめておこうかというニュアンスのことわざもあります。

「泣く子と地頭には勝てぬ」

道理の通じない赤ん坊や権力者（地頭）とは、いくら争っても無駄だということです。まあ、ここは負けてやってもいいか、という感情的余裕があるときに言います。

昔は講釈師やアナウンサーがしゃべるとき、本題にはいる前に、前置きとかしめくくりで、いろんな飾りをつけて、ことわざを引いたものですが、いまは、事実のみを短く正確に伝えるという時代です。

ことわざは、じつは文化のエッセンスでもあります。事実の伝達だけでは、聞いているほうも寂しい。もっと語彙(ごい)を増やして、日常の生活に広く活用するといいと思うのですが。

「一銭を笑うものは一銭に泣く」とは言うものの

いまさらここに例を挙(あ)げることすら照れくさい文句ですが、折に触れて「なるほど」とか「やっぱりそうだなあ」とか、うなずいてしまう言葉があります。たとえば、

「馬の耳に念仏(ねんぶつ)」(人の意見や忠告に耳をかさない)

という平凡な文句から、

「天知る、地知る、我知る、人知る」（悪事はかならず発覚する）

とか、

「人のふり見てわがふり直せ」（良いところを見習い、悪いところを改める）

とか、そのほかいろんな言葉やことわざが、じつに重みをおびて身にしみるのです。

年をとるにつれて指先の感覚が鈍くなってきます。以前タクシーの支払いをして降りるときに、十円玉を財布から落として、コロコロと床下に転がしてしまいました。座席の下に隠れて見つかりません。まあ、たかが十円だと、そのまま降りようとしたのですが、つい古い言葉が頭に浮かんで一瞬、悩みます。

「一銭を笑うものは一銭に泣く」

一銭だったか、一文だったか、正確には忘れてしまいましたが、この十円をどうするか。小学生のころ、修身の教科書かなにかで、水のなかに小銭を落とした人の話が出ていました。その人物は、たくさんの費用をかけ、たくさんの人を雇い、その落とした小銭を探させたという話でした。

たとえ一銭でも粗末にすると、あとで泣きを見るようになるぞよ、という教育的な話ですが、これが何十年たっても、頭にしみついていて消えないのだから不思議です。とりあえず、迷ったときに、古いことわざや言葉を思い出す癖が抜けません。何千年もくり返されてきた、人間社会を生きのびる知恵を、一つのことわざが言い当てていることが、いかに多いか。

「温故知新」（古いものをたずね、新しい事柄を知る）ではありませんが、明日なにが起きるかわからない時代を生きているいま、逆に古えの言葉が、意外な道しるべになるのです。

「天が下に新しきものなし」

このことわざは、じつは聖書のなかの言葉だそうです。『旧約聖書』のコヘレトの言葉（コヘレテ書）の一章九節に、

「かつてあったことは、これからも起こる。太陽の下、新しいものは何ひとつない」

とあります。紀元前二百年ごろに書かれたそうですが、最初に読んだとき、そのこ

ろすでに、何も新しいものはない、みんな先人たちがやっていることだという嘆きがあったことに、驚きをおぼえました。

それから二千年経たいま、私は折にふれ、このフレーズをつぶやきますが、コヘレト（伝道者）は、どう思っているでしょうか。

「一寸先は闇」の恐ろしさ

明日なにが起こるかわからない、「一寸先は闇（いっすんさきはやみ）」だ。この言葉が、中学生のとき外地で敗戦をむかえた日から、ずっと身体にしみついています。

戦後、二十代になって、この一寸先は闇ということわざの恐ろしさを、まざまざと実感したときのことを、いまでも忘れません。

仕事帰りに、新宿の有名なフルーツパーラーの近くを歩いていたら、体になにかわけのわからない切迫感を感じて、ハッと後ろに跳びすさりました。

瞬間、轟音とともに、私がほんの一瞬前にいた場所に、巨大な鉄骨が地中深く突きささったのです。ビル建設中の十メートル近い鉄の柱が、クレーンからはずれて落下してきたのでした。

アスファルトを貫いて、地面に突きささり、震えながら屹立している鉄骨を目にして、体じゅうから血の気が引きました。後ろに跳びすさるのが一秒でも遅かったら、まともに串刺しにされていたでしょう。

そのときは思わず駆け出して、その場を離れましたが、アパートに帰って、夜中に急に体が震えだして止まりませんでした。ショックというものは、しばらくして迫ってくるもののようです。

逆にこんなこともありました。最近のことです。

関西国際空港の長い下りのエスカレーターの最上段から、私のキャリーバッグがものすごい勢いで下へ滑り落ちたことがあります。私のバッグはとびきり重い。もしそのとき途中にだれかいたなら、背後から足の後ろにまともに激突したにちがいありません。もしハイヒールをはいた女性だったら、その衝撃で、エスカレーターからふっ飛んでいたでしょう。

ラッキーにも、そのときはエスカレーターの下のほうにだれ一人いなかったのですが、そんなことは、めったにないことです。急なエスカレーターからふっ飛ばされたりすれば、骨折か、もっと悪い事態も起こりうる。私の不注意が最悪の事件に発展しなかったのは、ただただ幸運だと思いました。

そのとき以来、私は自分のバッグを脚(あし)で挟み、しっかり手で押さえて、どんなことがあろうとも、転落させたりしないように心がけるようになりました。エスカレーターで降りるとき、もし背後から荷物がぶつかってきても、転んだりしないように、いつも無意識に足を踏んばるくせがついてしまいました。

つぎの瞬間に、何が起こるかわからないのが日常です。私が六十歳になると同時にクルマの運転をやめたのは、自分のドライビングに、それまでに感じなかった嫌な予兆というか、違和感を感知するようになったからです。

クルマを運転するようになって三十数年、一度も事故を起こしたり遭うこともなく過ごせました。それでも一歩過てば、人身事故という瞬間がなかったわけではありません。そうならなかったことは、ありえないほどの幸運でした。

一寸先は闇——このことわざの意味するところの怖さは、生涯、私の体にしみついてはなれることはないでしょう。

「転ばぬ先の杖」で転ばないために

いつだったか、おもしろい本を読みました。『転倒予防——転ばぬ先の杖と知恵』（武藤芳照著　岩波新書）という本です。

転倒とは、転ぶことですが、老いると骨粗鬆症になりやすく、転んで骨折して寝込む。そうするとほかの筋肉も弱くなり起き上がることが困難になり、社会復帰がむずかしくなる人が出てきます。

老年医学の分野では、どうしたら高齢者（白秋期）の転倒を防ぐことできるかが、もっとも重要な課題だそうです。二〇一四年四月には「日本転倒予防学会」なる新しい学会も発足したという話も聞きました。

私もつまずきやすくなってきて、どうしたら「転倒」せずにすむかなどと考えていましたので、その本を読んで、非常に啓発されるところが多かったのですが、この本の主張は、「早く杖をつく習慣をつけろ」というものでした。

「転ばぬ先の杖」（失敗しないように、あらかじめ十分な準備をしておく）というわけです。

この本の考えは明快で非常によくわかり、かつ納得できるのですが、一方で私は、これにちょっと疑問があります。転ぶということがあって、「ああ、自分は転ぶようになったんだな。だからもうこれ以上、自力でがんばるのはよして、杖を使う」と自覚するようになる。

このようにして、自分で自分の体の状態を認めることが大事だと思うのです。

転んでいる人を見て、「転ばぬ先の杖」だというので、一度も転んだことのない五十代ごろから、ステッキをつきはじめるのは、果たしていいことでしょうか。

何回か転んでみて、転んでも骨折しない転び方を体得できる。それが元気なうちから杖をつき、杖をたよって生活していくとどうなるか。万が一、杖ごと転倒した場合、それこそ大事にいたるのではないでしょうか。

最近のバリア・フリーに対しても、反対する意見が出てきました。バリア・フリーにしたために、足腰が弱ってきた人たちの歩き方がすり足になる。部屋のなかのどこにも、階段とか段差とかがないから、足を上げて動かすとか、下ろすとかいう動作がおろそかになってきて、あらゆるところをすり足で気軽に歩く。そうするとどうなるのか。

社会には、まだまだ段差というものがたくさんあるわけです。そういうところで転んでケガをするというのです。むしろバリア・フリーはやめて、しかるべき適当な段差をつけて、ここは足を上げて越えるんだという意識で、足腰が弱ってきた人たちに、上がったり下がったりしてもらうほうがいいというのです。現に、そういうビジョンで建てられた介護ホームも、最近ではあるそうです。

転んでから杖をついても手遅れですから、転ぶ前から杖をついたほうがいいのか、それとも、転ばないために、毎日足腰を動かして、筋力を衰えさせない努力をするのがいいのか。

さて、「転ばぬ先の杖」はどちらでしょうか。

老いらくの恋も「案ずるより産むが易し」

年をとると、行動力や冒険心がなくなってくるとよくいわれます。男女の恋愛関係でも、老紳士が年下の恋人を相手に、「もう十歳若かったら、このまま君を帰さないんだけど」なんてセリフが、ときどきドラマに出てきます。まあ慎重になると言えば聞こえはいいですが。

一方、三十代、四十代の不倫騒動がよくメディアでとりあげられます。そして激しいバッシングにさらされ、お詫び会見で終息するというのがパターンになっているようです。しかし、信じられないかもしれませんが戦後の不倫の元祖は、なんと白秋期の歌人・川田順でした。

「墓場に近き老いらくの、恋は怖るる何ものもなし」

「恋は怖るる何ものもなし」――一度は耳にしたことのある歌だと思いますが、六十八歳の歌人が年若い弟子と恋に落ち家出をする。当時、老いらくの恋として大スキャンダルになりましたが、そのとき詠んだのがこの歌でした。

伯爵令嬢で、大正の三大美女といわれた伝説の歌人、柳原白蓮という女性がいました。福岡出身の私にとっては、なんとも懐かしい名前です。

金で買われるように、年の離れた炭鉱王・伊藤伝右衛門に嫁したのですが、帝大生の社会運動家・宮崎龍介と出奔し、不倫の子を宿す。何年か前のＮＨＫの朝ドラ「花子とアン」に登場して話題にもなりました。

不安に押しつぶされそうになっている蓮子に、主人公の花子が語ります。

「『案ずるより産むが易し』よ」

まだ起きてもいない明日のことについて悩むな、ということでしょうか、私もこの「案ずるより産むが易し」ということわざには、懐かしいものを感じます。

内弁慶だった子供のころ、なにかの理由でおじけづいてうずくまっていたとき、周囲の人たちにそっと言われたものです。それが母親だったり、学校の先生だったりしていたのですが、「案ずるより産むが易し」というやさしい声に背中を押されて、一歩を踏み出した記憶がいまも残っています。

1章で、私は白秋期は「地図のない明日への旅立ち」と書きましたが、この収穫期の道行は、まさに「案ずるより産むが易し」といえないでしょうか。

親しき仲こそ礼儀あり

日常のささいな出来事で、人間関係にちょっとした軋轢が生じたりします。同じマンションに住んでいて、知らない顔じゃないのに挨拶ひとつしない。いや挨拶してはいけないという規律をつくったマンション住人組合もあるそうです。

そうかといえば、ボランティアのおじさんが、笑顔でなんど指導しても、文句あるかといった目つきで分別しないゴミをほうり出していく住人もいる。いまの時代、ほんとうにコミュニケーションが取りづらくなりました。いや、下手になったというべきでしょうか。

道路で水撒きをする。水が通行人のはきものにかかる。ひとむかし前であれば、お互いにあやまり合ったものです。

失礼しました、気がつかずに。いえこちらこそ、お仕事の邪魔をしましてすみません。かつて東京の町でも、こんなやりとりが当たり前だった時代があったことが、信じられません。

ずいぶん前ですが、京都の祇園について、老芸妓が語るエッセイを興味深く読んだことがありました。

祇園といえば舞妓（まいこ）、舞妓といえば水揚（みずあ）げとか、金銭の話とか、そういうことがもっぱら外側で話題となる場合が多いのですが、残念ながら、私はその辺にはほとんど興味がありません。

むしろ、その狭い地域に根づく、独特のコミュニティーと生活習慣や暮らしぶりの話のほうに関心を持ったのです。

挨拶についての話がありました。祇園で生きてゆくためにもっとも大切なマナーは、多分よく挨拶をすることかもしれない、と、老妓は言います。

知った顔でも、知らぬ顔でも、目が合えばとりあえず挨拶する。「おはようさんどす」「こんにちは、おおきに」と言って笑う。

この挨拶を大事にするというのは、町の人たちが、とくに家族のように親しいからというわけではありません。むしろ「他人同士の集まり」という意識が強いからこそ、けじめをつけた暮らしぶりが要求されるということが、私にはおもしろかったのです。

「親しき仲こそ礼儀あり」と、私は心のなかでずっとそう思ってきました。兄弟は他人のはじまり、とも言いつづけてきました。近い他人だからこそ、よそさま以上にけじめが大切なのです。他人行儀な礼儀を守るという意味です。

私は、とりわけ挨拶というのが苦手で、知った人に会っても、そっぽを向いて通りすぎたりすることがよくあります。これまで京都で暮らしたことが二度ばかりありますが、会う人ごとに挨拶するという祇園のような町では、とても暮らしていけない山猿だなと、つくづく読みながら思ったものでした。

私の田舎の集落では、昔は知らない顔を見ると、とりあえず石を投げるのが挨拶のようなものだったのです。九州の田舎の集落は、血のつながりを重視する家族制度によって、他人と身内の境界がはっきりしていたような気がします。だから、他所者に石を投げても後ろめたさも、なんの痛みもない。

廓の伝統に根を持つ祇園町では、血のつながりではなく、町全体がひとつのゆるやかな擬似家族のように共同体をつくりあげてきました。お茶屋のひとつの屋根の下に暮らす人びとも、もとをただせば他人です。そこでは「兄弟は他人のはじまり」ではなく、「他人は兄弟のはじまり」というような、ある種の宗教的感覚すら見られます。こういう社会では、無礼、無作法はご法度(はっと)です。むき出しの無礼は、ときに修復不可能な対立をもたらしかねません。

こう見てくると、日ごろの親しい関係を継続させていくということは、その状態にあって「他人行儀な礼儀を守る」、ということが大切なんだなとつくづく感じます。

「腹を立てているときに文句を言うな」は本当か?

これまで、人生は選択であると言いつづけてきましたが、そんなとき、そっと背中を押してくれて役に立つのが、ことわざです。何百年ものあいだ、人びとに使いこまれてきた言葉だからこそ、信頼できるのでしょう。しかし「後悔先(こうかいさき)に立たず」(終わったことを悔(く)やんでも取り返しがつかない)なんて言うように、それが裏目にでることもままあるものです。

日本は遠慮（えんりょ）の文化とよくいわれます。たとえば、ほんとうは好物でもないのに、さあ召しあがってくださいなどと勧（すす）められると、まあ美味（おい）しそう、申し訳ないですね、それでは遠慮なくなどと言って、無理をして食べて後悔する。まあこれは、遠慮がなかったせいかもしれません。

「腹を立てているときに文句を言うな」

これも、私のなかに生きる知恵としてしみついている言葉です。

ある仕事の進め方の件で、腹が立って断ろうと思ったことがありました。それで、何日か時間を置いて冷静になってから、自分でも感心するくらいにおだやかに、情理をつくした言い方で相手に抗議をしました。

結果はどうだったか。

「申し訳ありません。もう決定してしまって、いまから変更は無理です」

と、いうのが相手の返事でした。

こんなとき、なにがことわざの効用だ、とカッとなって、すぐさま文句を言っておけばよかった、遠慮なぞしなければよかったと、腹の虫が治まらないことになります。

「拙速」という言葉が頭に浮かびました。

「兵は拙速を尊ぶ」（戦さは作戦はまずくとも、相手より速く攻撃することが肝要だ）

多少、興奮気味で変なことを口走ったとしても、そのとき文句を言っておけばよかったのです。

また、ことわざではありませんが、

「一日にイヤなことを二つやれ」

という言葉が妙に頭に残っています。

だれの言葉か忘れてしまいましたが、相当に意志的な成功者だったにちがいありません。なるほど、ずっとやろうやろうと思いつつ、やっていないことがいくつもあります。朝夕そのことが気になって仕方がないのに、放置したままになっています。

そんなに厄介なことではありません。その気になれば五分か十分で片がついてしまうぐらいの些事です。それが心の重荷になって、日々後悔になってしまうから、困ったものです。

人は、たったひとつの教訓やことわざに従って行動するわけではありません。その場そのときの自分の立場で、いずれかの方向を選択します。その不安を支えるために、都合のいい文句を盾にするのです。

このように、ことわざには二面性があることを思うと、結局はやりたいようにやるしかないという、アナーキーな結論にも達してしまいます。

「笑う門には福来る」こともある

「人は不安なときに笑う」と、言った人がいました。日本はいまお笑いブームですが、ひょっとしたら、これは、いま私たちが感じている底知れぬ不安を、笑いに逃避しているからではないでしょうか。

もっとも健康法では、いま笑うことをおおいに推奨する傾向があります。笑うことは免疫力を高め、自然治癒力を強化すると、多くの医療関係者が実証しています。

「笑う門には福来る」（つねににこやかに笑っている人の家には、幸せがやってくる）とは、日本では昔からよく耳にすることわざです。

アメリカの雑誌編集長、ノーマン・カズンズという人が、強直性脊椎炎という非常な痛みをともなう難病にかかりました。医師からは治る見込みがないと宣告され、絶望的な気分におちいっていたのですが、あるとき、ふと、笑っているときは、痛みが消えているか、軽減されていることに気がつきました。

自分で自分を観察してみると、十分間笑うと、二時間痛みを感じなかったそうです。そこで、ひとつ実験をしてみました。

以前から好きだった「マルクス兄弟」の映画を、毎日くり返し観ているうちに、一週間すると、痛みが軽くなり、半年後には職場復帰できるほどに回復しました。この映画はビデオもＤＶＤもなかったので、映写機を持ちこんで、大掛かりな装置をつくって観たそうです。

その後、自分自身の体験をイギリスの医学雑誌に発表し、笑いと免疫の関係が注目されるようになったわけです。

あるときは、ニコニコ笑って、あるときは腹を抱えてのたうちまわるのが良い、そうすれば、ナチュラル・キラー細胞が活性化され、免疫機能が高まるそうです。

その説は広く世間に支持され、いまでは「笑いヨガ」なるエクササイズまで考案されて、人気を集めているようです。

ひねくれ者の私としては、その記事を読んだとき、そんな無理に笑おうとするのは逆効果だ、笑わなければというストレスで、かえって福も逃げていく、と思いました。でも最近は、まんざら嘘でもなさそうだと考えるようになってきました。

巧言令色多し仁

外国へ行って帰ってくるたびに思います。ニッポンという国は、いい国である、と。しかし、しばらくたつと、心境に変化が生じてくるのが人情というものでしょうか。

「なんだよ、こんな国。ニッポン人って、いったいどういう民族なんだ」

と、独り(ひと)ごとを言ったりします。

もちろん、自分もそのニッポン人の一人なのだから、一種の自嘲(じちょう)めいた愚痴(ぐち)なのです。自嘲めいた愚痴をこぼすものとして、どうしてもわからないのが、パーティーでの挨拶というやつです。

私はもともとパーティーが苦手(にがて)です。自分の受賞パーティーをふくめて、芥川賞・直木賞のパーティーにも、二、三度出たでしょうか。半世紀以上の物書き生活のなかで、二、三度というのは、めずらしいかもしれません。

それでも、年を重ねれば、いろんな会に顔を出す機会も生じてきます。そんなとき、一流ホテルなどで催(もよお)されるパーティーに参加して、

「いったい、これはなんのつもりなんだ」

と、不思議に思わないことはめったにありません。不思議に思うことの一つは、主催者やゲストのスピーチを、参加者がちゃんと聞かないことです。

まあ、主催者の挨拶ぐらいは神妙(しんみょう)に拝聴していても、やがて乾杯となり、ゲストの挨拶となると、もうほとんど無視状態。お互いガヤガヤしゃべり合ったり、料理に群がったりで、だれも耳を傾けていないような、奇妙な状態となります。

なぜ、ゲストのスピーチを聞こうとしないのか。

一つは、ろくなスピーチがない、ということもあるでしょう。くだらない洒落(しゃれ)や、自慢話を延々とやられては、聞く気にもなれません。それはわかります。しかし、どうせ人が耳を傾けないから、ちゃんとしたスピーチなどしても仕方がない、ということでそうなるのでしょうか。

世界のどの国でも、人は子供のころから、自分の意見をはっきり人前で述べるようにしつけられる。教育というものの根本が、そこにあるような気配さえします。

しかし、戦後、七十年たったいまでも、ニッポンでは、

「巧言令色 鮮なし仁」（鮮なし＝少なし）

つまり、多くを語る者は浅い、という感覚が変わることなくつづいています。

この章のはじめに言ったように、雄弁であること、口数が多いことは良くない。愛想よくとりつくろった笑顔も良くない、とする社会通念のなかで、かつて一世を風靡した「男は黙って――」というビールのコマーシャルは、そこをうまく突いている名コピーでした。

三十代、四十代の世代では、事情は大分変化してきているように見えますが、六十代、七十代以上の「白秋期」の人びととのあいだでは、厳として支配する教訓です。

しかし、本当にそうだろうか、と考えてしまうのです。

たとえばブッダ。

私がブッダを「偉大」と思うのは、二十九歳のとき、真理を求めるために妻子を捨て出家したからではありません。その後、六、七年におよぶすさまじい苦行に耐えたからでもありません。

ブッダは八十歳に達してのち山をおります。そして老いた体に杖をついて、ガンジスを越える遊行の旅に出発します。その姿に心打たれるのです。

旅のあいだも、ブッダは人びとに語りつづけ、説きつづけました。その長い最後の旅の途上、貧しい集落でほどこされた食事で中毒を起こし、クシナガラの山林のなかで野垂死にをする。

このことに感動するのです。

ブッダは瞑想の人と考えられています。もちろんそうですが、それ以上に、はるかに歩く人（ホモ・モーベンス）であり、語る人であり、対話・問答の、口舌の人であったと考えています。

「巧言令色鮮なし仁」

多くを語る者は浅い。孔子もそう言います。しかし、古来、仏教者の不可欠の能力とされたものは、言葉で語る能力であり、ブッダの思想も、死後なおしばらくは口伝で伝えられたものです。

巧言令色のそしりをおそれず、真理を語りつづけたブッダがいて、あとにつづく人がいて、いまに仏教の思想が伝えられていることを思うと、胸が熱くなります。

これは「巧言令色多し仁」と言えるでしょう。

「お世辞」の効用

「巧言令色」（言葉を巧みに使い、表情をとりつくろって他人に気に入られる）という文句とはニュアンスがちがいますが、人間関係の処世術のひとつに、「お世辞」というものがあります。

この「お世辞」は、仏教用語では、たぶん「言辞施」とか「無畏施」にあたる言葉でしょう。

少し説明するならば、仏教では、慈悲のこころを持って他人になにか施すことを布施といいますが、施すのは物品ばかりではありません。

「無畏施」というのは、「無畏」を施すこと。つまり、人から不安や恐怖を取りのぞいて、畏れの無い状態にしてあげることです。

「言辞施」というのは、「言葉」を施すこと。つまり、人にやさしい言葉をかけてあげることです。

たとえば七十代にはいって、思わず大腿骨を骨折してしまったとか、検診で初期のがんが見つかったとかいう場合があります。

そのとき、大きな不安を抱いている人に対して、その不安を解消してあげるのに、「心配するな。大丈夫」というようなニュアンスの言葉が「無畏施」です。

「言辞施」は、やや前向きに、「きっとできる。君なら必ずやれるさ」といったニュアンスでしょうか。

そんなふうに励(はげ)まされたとき、私たちはどう反応するか。

「何を言ってるんだ。もうダメなことは、俺自身がよく判(わか)っているんだぞ。気休めなんか言ってほしくない」

と、突っぱねる人もいるでしょう。また、

「ありがとう。そう言われれば元気が出るよ。まあ、やれるだけやってみるさ」

と、適当に応(こた)える人もいるかもしれません。

私は、後者のほうが、リアルに世の中と自分を見ている人のような気がするのですが、どうでしょうか。

「お世辞」は、言うこともむずかしいのですが、言われるほうにもマナーが必要です。自分の現状を冷静に判断しながら、それでもなお相手の「世辞」に、それなりに対応する。これは言うなれば、「世辞を返す」ことです。

世の中はそんなふうなやりとりで成り立っているし、見えすいた「お世辞」でも、ないよりましでしょう。

経済や政治の外交問題などというものも、「お世辞」のやりとりのあいだに、シビアな商談や取り決めがなされます。これが、お互いに「お世辞」抜きの交渉だと、対決になってしまって話が進まない。

もっとも良い「お世辞」というものは、一分の真実と、九分の誇張ではないでしょうか。

まったく中身のない「お世辞」には、内心、苦笑するしかありません。たとえ十パーセントでも、そこに真実がふくまれていれば、人の心を動かしたり、励ます効用もないではありません。

余命三カ月、とはっきり告知されたがん患者に向かって、「必ず治るよ、絶対に大丈夫」などと見えすいたことを力説するのは良くない。しかし、「おや、今日はなんとなく顔色がいいね。元気そうだよ」と言われれば、人は自然に慰められることもあるのではないでしょうか。

「巧言」にしても、「世辞」にしても、大切なのは、言うほうの心です。相手を思っての巧言、美辞麗句、相手を励まし、力づけるための世辞には、なんらかの効用があると、私は信じています。

もっと言えば、身も蓋もない真実の言葉よりも、砂糖菓子のなかにふくまれた、小豆ほどの思いやりのこもったお世辞のほうを、私は聞きたいと思います。

5章

孤独のユートピア

――慣習の絆を断ち自由に生きる

「自分の人生の目的を見つける」のが人生の目的

これまで「白秋期」の3K（経済、健康、孤独）の問題を見すえながら、この季節を人生最大の、豊かな収穫期（ハーベスト・タイム）にするために、私たちはどんな生き方をすればいいのか、どんな選択をすればいいのか、また収穫とは、どんな果実なのか、ということについて、いろいろと私の考え方を述べてきました。

そのことを、この章であらためて読者のみなさんといっしょに考えてみたいと思います。

白秋期という季節は、百歳人生最大の黄金期（アクメ）であると書きました。それは人生の後半五十年間のなかの、六十、七十代におとずれる黄金時代であるとも言いました。

しかし、生きるのが困難な時代、実りの秋の収穫を得るのは、容易ではありません。

これまで白秋期の3Kを震源とする三つの不安のうち、2章ではお金や貯蓄について、

3章では健康と命について、それぞれ私の体験にもとづいて、対処法や処世の智慧（ちえ）のいくつかをお話ししてきました。

この最終章では、いよいよ三つめの問題、孤独について、考えてみることにします。

私はこれまで、人間は、自然の大きな力に命をゆだね「生かされる」存在である、と感じながら生きてきました。

人間というものは、第一に、生まれてくる条件をなにひとつ選択できません。第二に、生まれて生きてゆく最終目標を選択できません。行き先の書かれていない列車に乗り、敷かれたレールの上を走っていかざるを得ないのです。第三に乗車期間が限られています。

前を向いて切り開いていくのが自分の運命だとか、こうすれば自分の運命が開ける、などという考えに対し、私はつねに懐疑的（かいぎてき）でした。

晩年に夏目漱石（なつめそうせき）が「則天去私（そくてんきょし）」と言っていますが、私はその言葉に、あるニヒリズムを感じないでいられません。人間の無力ということです。

「天に則り私を去る」――世の中というのは、自分の思うとおりにはなりません。大きな流れには逆らえない。そのなかで翻弄されて、小さな笹舟のようにもみくちゃにされるのが人間です。

この、逆らいがたい乱流が、ようやく静かな流れ、たゆたう流れに変わるのが「白秋期」とも言えます。自分の笹舟の舵取りが可能になる季節です。それを私は、下山と呼んできましたが、川下りにたとえることもできるでしょう。

ゆっくり下る川の景色を眺めたり、釣りを楽しんだり、中洲に接岸し休息したり、川岸のお花畑に寝転んで本を読んだり、対岸に上陸し土地を耕し小さな小屋を建てて暮らす――自分だけのユートピアの建設をめざしたり、これまでの人生でできなかったことを、自分本位に愉しむことができるのが、白秋期ではないか。そして大事な問題は、つねに「自分だけの世界」というところにあるのではないか。

トマス・モアの『ユートピア』は、モアの造語でラテン語に由来するそうです。政治の理想と社会正義が実現する夢の国、というふうに受けとられがちですが、造語のほうには、もうひとつ、「実際には存在しえない場所」という第二の意味がひかえています。

隠された「ユートピア」の意味を、私たちは切実な気持ちで憧れつつ、あきらめていたのではないでしょうか。ユートピア建設の願望は、メーテルランクの幸福の『青い鳥』の教訓と、どこか似ているかもしれません。

寒い冬の日、蛇口をひねれば湯が出るということは、たしかにありがたいに違いありませんが、どこまでいったら人間は、文明や文化の進歩に満足するのだろうという気もします。どこかひとつぐらいは、機械でやらない部分が残っていなければ、私たちは、かえって不安に悩まされる生き物ではないか、そんなふうにも思います。

たとえば、貧しさは決して文化ではない、それは「幸福」とほど遠いものだと思います。しかし、人間一人ひとりの心の立場、感覚からいえば、モノだけが豊かな冷たい家庭に育つよりも、物質的な豊かさはいまひとつでも、家族全員が楽しく、なごやかに、笑いながら毎日を送っているような家庭のほうが、「幸福」だという立場も成り立つと思うのです。

それとも人間は、死ぬまで生活の欲求不満児であり、欲望に引きずられ、それを追い求めることをやめない生き物なのか。おだやかな生活よりも、死の間際まで富を追い求めつづけるような、滑稽（こっけい）で悲惨な晩年のほうが、はたして価値があると考える生き物なのか。

私には、人間はちっぽけなもの、という実感があります。人間は愚かで、どうしようもない欲張りでもあると思っています。

では、人生の目的とは何か？

私は、人生の目的は、「自分の人生の目的」をさがすことかもしれない、と考えています。自分ひとりの目的、世界中のだれともちがう自分だけの「生きる意味」を見出すことです。変な言いかたですが、「自分の人生の目的を見つける」のが、人生の目的と言ってもいいでしょう。

ここに白秋期の収穫(ハーベスト)のひとつ「気づき」が生まれると、私は思います。つまり孤独という問題です。

本当の仙人は市に住む

出家という言葉があります。読んで字のごとく「家を出る」ことですが、家を出るといっても、単なる家出ではありません。出家とは俗世間と離れるということであり、僧侶(そうりょ)になることを意味します。

ただし、俗世を捨て寺なり僧院にこもるだけでは、宗教的完成にいたらないという考えがあります。もういっぺん、俗世間にもどってこなければいけないというのです。

出家した人間が、俗世間にもどってきたときには昔の俗人ではありません。一度、家族や社会との絆(きずな)を断った人間として、人びとのあいだ、市井(しせい)にもどってくることを、「入鄽垂手(にってんすいしゅ)」と言います。

「十牛図（じゅうぎゅうず）」という絵物語があります。禅の、牛を追って悟りにいたる道筋を示す、イラストレーションの入った書ですが、図の最後には、悟りを得た人間が市井にもどってきて、街の人間たちとなごやかに雑談しながら、酒を手にふらふら歩いている姿が、悟りの境地として描かれています。

この絵は、私たちに孤独とはどういうことか、孤独とどうつきあえばいいかを、大変にわかりやすく、また機知に富んだ譬（たと）えとして指し示してくれているように思えます。私は孤独を、この酒を手に市（まち）で暮らす俗人の悟りの境地のように考えています。ふざけているわけではありません。ここには大変に厳しい自覚があります。

人びとのなかに生き、組織のなかで暮らし、活動をつづけながら、そのなかで人間は、つねに孤独を感じています。その自分の孤独を、甘えた気持ちだけで、自然発生的な人間の絆を求めたり、安易に連帯を求めることをしてはいけない。そこには本当の癒（いや）しはなく、不安が増幅されるだけでしょう。

大切なことは、自分が孤独であるということを、自分なりにちゃんと確認し、しかもその孤独に耐える力というものを大事にしていく。つまり人間は孤独であるということを、ちゃんと認めることなのです。

出家した人間が、俗世間にもどってきたときには昔の俗人ではありません。一度、家族や社会との絆（きずな）を断った人間として、人びとのあいだ、市井にもどってくることは、大変な覚悟が必要なのです。それが「入鄽垂手」の意味するところです。2章で紹介した寒山拾得（かんざんじっとく）の伝説も、これに通ずるところがあります。

孤独とむきあって生きる、それは白秋期の、大きな収穫のひとつなのではないか、いま私はそう考えています。

人間は群れをつくるという本能もあるかもしれない。それからカップルをつくるという本能があるかもしれない。しかし同時に、本来は独りでそれぞれが生きたいという、群れを離れたい願望というものも半面あるのだ、というふうに思うところがあります。

つねに群れがいることでもって、その孤独は保証されているという逆説があります。

法然が亡くなるとき、弟子たちに言い遺したことは、「群れ集まるな」ということです。グループをつくるな、それぞれバラバラにいて念仏をひろめろと言ったわけです。ところが、法然が亡くなると同時に、弟子たちは大きな追悼法要を企画して、浄土宗という組織を強化していくことになります。

群れと孤独の関係というのは、そういうものかもしれません。

入鄽垂手や寒山拾得の譬え話でも、孤独者は孤独者として、しばしば群れと接触するのです。鴨長明もしばしば街へいって様子を見ています。

竹林にはいりっきりで、そこで獣と一緒になって死んでしまったら、隠遁とは言いがたい。自分は世間のいろいろなつきあいというものと切れて生きるけれども、一方には世俗の世界があり、そこと離れて生きているということで、隠遁なり、孤独なりというものが保証されているのかもしれません。

もし全員が孤独者だったり、全部がばらばらに暮らしているのだったら、隠遁も孤独もありません。

ですから孤立と孤独はちょっと違う。孤立は、人を寄せつけない感じがします。排除するといいますか、まわりを切っていくというか。孤独は、来る人拒まずですが、独りでいることを悲しいとも、つらいとも思わない。「独立自尊」という言葉に近いものでしょう。

西行や、藤原定家、芭蕉とか、そういう人たちは当時の、ある意味でのスターだったと考えると納得がいきます。隠遁のような生き方に対して、みんなが憧れたのです。官職を離れ、出世の道を捨て、徘徊というか放浪、漂泊ひと筋に生きたのです。

孤独死や単独死は悲劇でない

孤独死や単独死を、私たちの社会はマイナスのものとしてとらえます。しかし、私は必ずしも、遺骨の引取人もないというような人の死を、それほど哀れだとも思わないし、悲惨だとも思いません。

社会学者の上野千鶴子さんが、ある講演で聴衆にこう聞いたと言います。
「このなかで、孫や子供たちに囲まれて末期（まつご）を看取（みと）ってもらいたいと思っている人はいますか？」
だれも手を挙（あ）げなかったそうです。みんな首を横にふる。では、「最期のとき、だれかに手を握ってもらってお別れしたいと思いますか？」と聞いても、みんないっせいに首をふる。それには衝撃を受けたと、上野さんは語っておられました。これには私も驚きました。

肉親に囲まれて、手を握られてサヨナラをしなくてもいいと思っているということは、孤独死や単独死が非常に悲劇的なような形で語られるけれども、実際には、独りで死ぬことのほうが、みんなが心のなかで望んでいることではないか。

メディアをとおし、人とのコミュニケーションの輪をひろげようとすることばかりが強調されています。白秋期になると、なにかのボランティアに入ったり、みんなでいろいろ勉強ごとをやりましょうというようなすすめがあります。そうではなく、どんどん独りになっていくべきだ、というのが私の説です。人間は、最後は独りで物をじっくり考えたり、感じたりしながら、自然の移ろいのなかでおだやかに去っていくべきだ、と思うのです。

白秋期は、子供たちも大きくなった、ちゃんと家も残した、やるべきこともある程度やった。こういう人びとが、現役から退いて林に住み、そこで来し方行く末を考え、人間とはいったい何なんだろうということを思索したり、自分の求める場所に行ったりして暮らすことができる季節です。

孤独のユートピア

私は、白秋期を、盛りを過ぎた人間の侘しい晩年の過ごし方ではなく、本当の自立の季節だと考えています。人生の黄金期は、こういう自立思想によってもたらされるのではないか。そう提言しているのです。

この季節を、どんなふうに、人間の充実した時間として生きていくか。これまでの「人生五十年」時代であれば、余生といって、その時期は人生の余ったおまけのようなものであって、数にカウントしない、というのが普通の考え方でした。

しかし、「人生百年」時代、人生後半を、もはや余生と呼ぶことはできません。白秋期は、自立した大人たちが歓びを味わう季節です。いや賞味期限二十五年の、楽園の味わいと言えるかもしれない。すなわち、「孤独のユートピア」でないか、と。

人間が、どんどん孤独になっていく過程は、春夏秋冬の四季になぞらえることができます。人は青春、朱夏、白秋、玄冬と、季節の移ろいにしたがいながら、どんどん孤独の実感を深めていきます。

後半人生の黄金期（アクメ）のど真ん中にある白秋期は、人間の孤独というものを見つめながら生きていく、くらべようのない贅沢（ぜいたく）な季節だと、私は考えています。

官能小説などで、よく女性の絶頂期のことをアクメという言い方をしたりしますが、1章で述べましたように、もともとはギリシア語で、「もっとも実りの大きい黄金期」

のことを言います。生物の進化の頂点を指す言葉だそうです。

当然、人生にもアクメというものがあります。自分の人生を振りかえってみて、五十歳から七十五歳までの白秋期は、もっとも自分らしく生きることができた、最良の季節だったと思います。なかでも七十歳からはじめた百寺巡礼の旅は、いまにして思えば、人生最大級の実りと収穫があったように感じています。1章でも少し触れましたが、まさに黄金期(アクメ)だったといっていい。

本とテレビの仕事でしたが、三年にもおよんだこの単独行の巡礼の途上、私は何度か、百寺は無理かもしれないと弱気になったことがありました。巡礼とは、自分の孤独とむきあうことです。自分の死、自分の終わりというものが、どこかに見えてきます。その深まる孤独を友に、またあるときは孤独を支えにして、なんとか百寺を踏破することができました。

そのとき私は、この世には「孤独のユートピア」というものがあるのだということを、つくづくと実感したのでした。

イチローなど一流のアスリートが若いころに学校の卒業文集に書いたものとか、日記などを読むと、彼らが自分の将来を正確に見定めていたことに、びっくりすることがあります。逆に、定年後のサラリーマンのなかには、自分はもう脱(ぬ)け殻(がら)だ、と世をはかなむ人がいるようです。けれども、イチローほどでなくても、六十代、七十代が自分の人生の仕上げの季節だということを自覚することは、この黄金期(アクメ)を生き抜いてゆくために、必要なことだと思います。

そして人生の仕上げの季節、黄金期を生き生きと充実して生きるためのキーワードこそ、「孤独」であると、私は考えています。

孤独をユートピアに変える発想

白秋期を生き生きと過ごす、そこには覚悟が必要です。

たとえば、子供ができたときは嬉(うれ)しい。しかし親としての歓(よろこ)びと同時に、将来はいずれその子供たちと別れていくわけですから、別れていく自分というものを考えなければいけないのかもしれません。

これまでのような、元気で、孫たちに囲まれて、楽しく過ごすというような白秋期の生き方はもう望めません。そういう二十五年ではなくて、障害を抱え、病気を抱え、介護のなかで生かされるような未来像もあります。そう見ると、いま目の前にひろがる、白秋期の生き方を考えることは、とても大事なことだと思うのです。

つねに、歓びのなかに寂しさがあり、寂しさのなかに歓びがある。入り組んだ状態、カオスというか、そういうものこそが人生です。明るいところと暗いところ、新しいものと古いもの、そのどちらが良くて、どちらが悪いという単純な分け方は、意味のない考えだ、というふうに思うところがあります。

では具体的に、孤独をユートピアにするには、どんな生き方をすればいいか、どんな人生の選択をすればいいか。ここから先は、そのことをノートのようにいくつか書き出してみようと思います。

ノートですから、理論とか思想とか、そんな大それたかた苦しいものではありません。思いつきや、着想のような段階のものもあります。当然ながら、私の考え方ですから、いまの常識とはほとんどちがった意見であることをお断りしておきます。

【孤独のユートピア・ノート】

《家庭内自立のすすめ》

これは配偶者との関係だけではなくて、子供や孫などと一緒に暮らしていても、できれば別々な生活をするということ。自炊して、納戸でもなんでもいいから一間に住んで、ときどき顔を合わせるようなスタイルです。家を出て林に住んでいるイメージをする。家にいてもつねに自分のペースを守る。これまでのように嫁に、食事や風呂の世話をたのまない。面倒くさくても独身にもどったつもりでやる。

《現世からの引退のすすめ》

現実世界においての引退をイメージする。これからは、自分がこの世から消滅していくことを一つのゴールとして、それを自然に受け入れる心の準備をする。無から生まれて、現世に生を受けて、また無に返る。いやいや追い返されるのではなくて、おのずから、この世から身を引いていくというようなイメージをつくりあげる。

この世にいつまでもしがみついているのではなくて、この世から消え去っていくのだという決意。将来的には、もうこれで自分の人生はいいのだと思ったときに、どのように具体的に去っていくかという問題はあると思うけれども、現世において現世を引退するということは、あり得るのではないか。

《古い歌のすすめ》

昔懐かしい歌や音楽をみんなで聴いたり歌ったりしようというわけでは、断じてありません。

独りで音楽を聴いたり歌ったりする楽しみを持とうということです。自分が若い時代に流行った音楽で、いまあまり顧みられないけれども、聴けば聴くほど思い出もひろがってくるし、味わいもある音楽が無限にあります。つい、口ずさんで歌いたくなる。

ひと昔前は手に入れづらかった昔の流行歌も、いまはクラウドで簡単にダウンロードできるようになりました。聴くだけならばヘッドホーンを着ければ外にもれない。私は、タンゴの名曲を、時間のあるとき、心ゆくまで聴いています。タンゴ音楽は、一九三〇年代、熱病のように流行して、スペイン内戦の始まり、一九三六年あたりから一挙に、なぜか幻のように退潮してゆくのです。

《テレビのすすめ》

隠遁を説きながら、テレビのすすめとは何事か、とお叱りを受けるかもしれません。でもそうでもないのです。いまはBSやCS放送も、観るべきものはすごく多い。テレビはメディアのなかでも非常に軽薄なメディアになったかのように言われていますが、ドキュメントなどを丹念に観てゆくと、じつにおもしろいのです。そういうものを自分で選んで観るのは決して受け身の作業ではありません。それは言わば、人間の文化の宝庫のなかに積極的に分け入っていくことだと思います。

《再学問のすすめ》

私の学問のすすめは、福沢諭吉とは違って、立身出世のためのものでは、もちろんありません、白秋期の再学問とは、人生のリセットのためのすすめです。これまでと全然ちがうことを勉強しようという提言です。

だれもがなにかの職業に就いて生きてきたわけですけれども、結果的に夢見た職業とちがったかもしれない。そういう場合に、今度は長年親しんだ職業とは、縁もゆかりもない分野のことを勉強してみるのです。

たとえば遺跡に興味があるとすれば、聴講生として学校の考古学の講座にかよってみる。いまは社会人のための講座もたくさんありますから、もう一遍（いっぺん）学問をすることは、すごく大事です。私は五十代で大学の聴講生になりましたが、学生のころは休講になると喜んでいたけれども、新たに勉強し出すと、休講になるとほんとうに腹が立ったことを思い出します。

ただし、孤独者であることを忘れてはいけません。若い学生さんたちのなかに、無理に仲間入りしようと思わないことがまず大事です。そういうなかに溶け込もうと思うのが、甘えだと思います。

《絆（きずな）のリセットのすすめ》

「白秋期」のさなかといえば、六十代、七十代。これまでイヤというぐらい人間とはつきあってきているわけですから、この辺で孤独の歓びに目覚め、心の内側へ収斂（しゅうれん）していくというのは、すごく大事なことです。

目に見えない世界とか、宗教的なものでもいい、神とか、絶対者とか、そういうものに対して思いを馳せるとか、般若心経の写経をしたい人はやる。他人に迷惑をかけずにできることは、山ほどあります。とにかく、一度スパッと、自分の人生をリセットする必要があります。ちがう人生を歩み出すということもあり得る。

「絆」というのも、一つの甘えだと覚悟する。生まれたときは「天上天下唯我独尊」です。独りで歩むということなのですから、原点にもどる。そうすると、おのずといろいろな世界が豁然と開けてきそうな気がします。

つまるところ、親子、兄弟、夫婦の縁、友情、人間の絆などというもの以上に、大事なものがあるという「気づき」を得ることができれば、大いなる白秋期の収穫だと思います。

思いつくままに、【孤独のユートピア・ノート】を綴ってきましたが、要は、「人は本来、孤独である」と覚悟する。「頼りになる絆などない」と覚悟する。「国や社会が自分の面倒を見てくれるとは限らない」と覚悟する。そういうことが、白秋期の実りを得るために大事なことだと、私は考えているのです。

養生を趣味として楽しむ

さて「孤独のユートピア・ノート」のなかで、いくつか趣味に関係したことをメモしましたが、一つ大事なテーマを忘れていました。それは、養生ということです。

孤独の楽しみ方、その楽しみのタネというのは、だれにでもなにかはあるものです。怠け者で、「俺はなにも関心がない」という人にも、なにかあります。そのなかのひとつとして、養生という趣味も、白秋期の健康を考える上で、大事なことです。いま趣味と言ったのは、私も養生はある程度していますが、義務としてでもなく、健康法としてでもなく、おもしろいから楽しみでやっているのです。

つまり、むずかしいことはやらない。面倒なことは、一日はできても三日はつづきません。ヨガにしても、気功にしても、それがすぐれた養生法であることは間違いないでしょうが、あまりにも厄介で、面倒なことが多すぎるのです。つづけることに悩んだら、すでに養生ではありません。健康強迫症になってしまいます。

3章で、私はいつも病気に「いい加減」にむきあってきた話をしましたが、養生法についても「いい加減」につきあっています。だから長つづきしているのだと、自分ではそう思っています。

「転ばないように、どういうふうにするか」「誤嚥をしないように、どういうふうにするか」「腰痛にならないよう、どういうふうにするか」とか、さまざまな視点があり得ます。そういう小さなことを、一つひとつやっていくことがおもしろい。

私は、病気には「突然」ということはほとんどないと思っているのです。クモ膜下出血にしても、脳卒中にしても、心筋梗塞にしても、必ず予兆がかなり以前からあるはずだと考えています。

ですから、体との会話をしている限り、そういうものが信号として伝わってくる。枕は高いほうがよいか、低いほうがよいか、自分で工夫して、「ああ、やっぱりこのほうがいい」というように考えることは、すごく大事なことです。日常生活のディテールを大事にする。「神は細部に宿る」というけれども、小さな人生の些事というものを大事にしてきました。

もちろん「いい加減」な素人判断ですが、これが私には大いに役立ってきました。日常的に体と会話をするということも、孤独のユートピアの楽しみのひとつです。いや、それは生甲斐にもなるのです。

養生というのは、永遠の命を養うことではありません。きょう一日の生命を生き生きとまっとうすることにあります。明日、斬首されるのがわかっていても、石田三成は前夜供された柿を「腹に悪いから」と言って断ったエピソードは有名です。

きょう一日のために養生をするのですから、明日もつづける必要はありません。明日になったら、その日一日をまっとうするために、なにか別のことをすればいいだけのことです。そんなふうにして、私は養生をつづけてきました。

きょう一日。

その私の養生法のいくつかを、やはりノートにして書き出してみましょう。すべて楽にできるものばかりです。

【きょう一日の養生ノート】

《横向きに眠る》

白秋期の年代になると、夜中に目が覚めたり、朝早く目が覚めたりと、不眠に悩まされるようになります。頻尿(ひんにょう)で夜中にしょっちゅう起きたりもします。どのようにして、それを少しでも楽なほうにもっていくか。いろいろ工夫してきましたが、それこそが養生でしょう。上向きのほうが良いのか。横向きのほうが良いのか。温かくしたほうが良いのか、冷やしたほうが良いのか。そういうことを、一つひとつ実験していくと、興味は尽きません。孤独の時間がすごく充実して感じられると思います。

私はいま、横向きに寝ています。それは、睡眠時無呼吸症候群がちょっとあって、仰(あお)

向け(む)に寝ていると喉(のど)を圧迫して起きやすいからです。ブッダは右側を下にして横向きに寝ていたといいます。

《誤嚥(ごえん)の防止法》

誤嚥の起きる原因は、無意識にやってしまうことにあります。カプセルの薬を飲むときでも、なんのときでも、私たちはほとんど無意識にやってしまう。そうではなくて、「いまからこれを飲み込むぞ」と、脳からしっかりと指令を出して、喉の気管を閉じる動作をきちんとしないといけません。

床に落ちているものを拾うとき、無意識にやるとぎっくり腰になります。「いまから腰を曲げて、床に落ちているものを拾うぞ。膝をできるだけ深く曲げて、腰は曲げないようにして拾おう」と、一つひとつの動作を意識的にやっていく。こういうことが、すごく大事です。

《年に二度、風邪をひく》

「ゴホンときたら、よろこべ」と、整体協会の創始者・野口晴哉さんは言います。つまり風邪は普通に生活している人間の体のバランスが崩れたときにひくもので、それにともなう発熱や下痢は、体ほんらいのバランスを取りもどそうとする反応だというのです。だから、それらの症状は、体の自浄作用の結果起きていることなので、決して、薬で抑えてはいけないといいます。下痢と風邪は、体の大掃除だということになるわけです。

また、症状は薬など人工的なもので抑えずに、蒸しタオルで温めて痛みを緩和させる程度にして、風邪をひき切ることが大切だと、野口さんは言います。注意しなければならないのは、ひき終わり。熱が下がったら、しばらくゆっくりしていて、様子を見ながら動きなさいということらしい。

以前は、風邪をひかないことをひそかに誇っていましたが、どうやら大きな間違いだったようで、私は近年、年に二度ぐらい、上手に風邪をひくことに努力しています。

《手もみの効能》

足の裏とか、足の指などについては、早くからとりわけ大切にしてきました。左右の足の指に、それぞれ名前をつけてケアをしてきました。足の裏も絶えず気をくばってきました。

仕事に疲れると、足の裏や足の指をもみます。特別にツボを意識するわけではありません。押して気持ちのいいところも痛いところも、とりあえずまんべんなく手でもみ、さすります。足全体の血行が良くなるわけですから、体に悪いはずはありません。

はく靴も気をつけています。歩いていて靴を忘れているような靴がいい。免疫療法のひとつとして、手足の指を刺激(しげき)する療法に人気が集まっているようですが、理論的裏づけはありませんが、私は何十年も前から、同じようなことを我流でつづけてきました。

脳や、心臓や、その他の重要なところは、末端の部分が生き生きしていなければ活性化しない、とかたくなに信じているので、手足がいつもポカポカしているように心がけています。テレビを見ているときや、タクシーに乗っているときなど、無意識に手をもんだり、足首をぐるぐる回したりしていることに気がつきます。

《歯磨きは小笠原流で》

歯は心臓よりも大事だと思っています。自分のもともとの歯が、現在、何本あるか無頓着(むとんちゃく)の人が多い。目をつぶって、自分の上下の歯列がイメージできるようになれば理想的だそうです。

歯を磨くときは、そっと優しく磨く。ある歯科医が、

「小笠原流(おがさわらりゅう)で磨いてください」

と、言っていました。優雅(ゆうが)に、きちんと手を抜かずに、ということでしょう。歯だけでなく、上下の歯ぐきを指でこするのも推奨(すいしょう)します。歯よりも歯ぐきのほうが大事なような気もします。

歯を磨いたあとで、ついでに舌を口のなかで大きく回して、歯の外側を回転させるようにします。これは結構きつい。頬の骨がゴリゴリ鳴ったりします。私はこれを、舌輪法と名づけましたが、いまはほとんど鳴らなくなりました。どうやら不正咬合を矯正する苦肉の策だったようです。ただし、不正咬合は、専門医に相談するのが一番かもしれません。

《食事量法》

食事の量について、一様に、「腹八分目」という常識に、私はかねがね疑問を持っています。

「腹八分目」というのは、三十代ぐらいの働き盛りの人の適量で、十歳、歳を重ねるにつれて、一分ずつ減らしていったほうがいいと、提言してきました。すなわち、

四十代は七分。

五十代は六分。

六十代は五分。

七十代は四分。

八十代は三分。

そして、
九十代は霞(かすみ)を食う。

半分、冗談のように思われたりもしますが、案外、支持者も多い。

しかし、最近、「人は食べずに生きられる」などという説も出てきました。森美智代(もりみちよ)さんという女性は、一日青汁一杯で二十年以上も生きているといいます。ほかにも、一日一食で充分という説もあります。

本屋さんの新刊棚に新説が並ぶたびに、私はいったいどっちなんだと、頭を痛めるのです。

私には、腰痛の持病があります。腰だけでなく、なにか動作をするときには、まず

「いいかい?」と、体にたずねることにしています。「アー・ユー・レディ?」という感じでしょうか。体にその心構えというか、準備をさせるのです。体に声をかけずに、不意打ちをくらわせるのはやめたほうがいいと思っています。

「では」とか、「さーて」とか、「どれ一丁やるか」とか、言いかたはなんでもいいですが、あらかじめ身体語を発しておくのです。

ぎっくり腰というのは厄介です。外国旅行で重いトランクを不用意に持ち上げたとき、ギクっときて、楽しいはずの旅行でひどい目にあったことがありました。

「さあ、いまから重いものを持ち上げるぞ」と、体にひと声かけなかったための失敗です。

ぶつぶつ独り言を言うのはみっともないですが、体を痛めるよりいい。体の声を聴くこと同様、体に語りかけることもまた、大事なことなのです。それが養生の基本であると、私は考えています。

孤独の友は読書の快楽

ところで、私は病気にかかっています。それも子供のころからずっと長くつづいている病気で、おそらく一生、この病気と縁を切ることができないでしょう。私の持病と言っていいかもしれません。

私だけでなく、周りを見まわすと、相当数の人びとが同じ病気にかかっていることに気づきます。でも、ほとんどの人が同じ病気にかかりながら、そのことを意識しないで生きています。

その病気とは「活字を読む」という病気です。

小学生から八十六歳のきょうまで、活字なしで過ごす一日というものは、ほとんどありませんでした。しかし、それが、日々を豊かに、生き生きと生きるエネルギー源になっていることに、感謝せずにいられません。

「孤独のユートピア」の一番の友は、やはりなんといっても活字です。本を読む。これに勝る楽しみというか、快楽はありません。ちょっとのあいだでも、五分間でも読みます。

私は、物を書くという仕事柄、とくに活字と縁が深いのですが、それはべつに職業的必要によるものではない、子供のころから活字が好きで、いつの間にか活字依存症にかかってしまっているのです。これをあえて「病気」というのは、本を読むという行為と、活字の依存症とは、どこかちがうような気がするからです。読むという行為と活字を摂取するという行為は表裏一体のものなのですが、有益無益とは関係なく、もはや摂取していないと日が暮れないというのが、病気の病気たる所以かもしれません。

私の一日は、活字を読むことからはじまります。白秋期の人たちには、同じ習慣をもつ人も多いかもしれません。もっとも同じ白秋期世代でも、スマホにはまっている女性たちは、まずはツイッターかＬＩＮＥかメールのチェックが、一日のはじまりだそうです。女性たちのほうが、世間の不安に敏感なのかもしれません。私は起き抜けに、あんな小さな文字など読む気もしません。

マンションの私の部屋のトイレには、棚が作りつけてあり、そこに無数の本が乱雑に詰めこまれています。雑誌も、山のように積みあげてあります。

目を覚ましてトイレに坐ります。トイレに坐って横の棚から一冊の雑誌や本を手にする。活字を読みはじめると下腹部に蠕動が起こって、条件反射的に出るべきものがスムーズに排出される。

孤独の至福とはこのことです。

これがただ漫然と坐っていたのでは駄目なのです。旅先のホテルでなにも読むものがないときなど、仕方がないのでホテルに備えつけの「緊急時の心得」などというパンフレットを読んだりすることもあります。

子供のころから、便所でよく本を読んだものです。昔は日本式の便所だったから、蹲踞の姿勢のまま、読みふけりました。あまり長く便所にはいりっぱなしなので、

「どうしたの？　まさか落っこちてるんじゃないでしょうね」

などと、母親に不審がられたものです。

いまは洋式の水洗トイレなので、落っこちることも、いくら坐っていても疲れません。ロダンの「考える人」みたいな格好で、興が乗ると二時間でも三時間でも読みつづけます。もともと本を読むのは早いほうだから、一冊では足りなくて二冊読み終えてしまうこともあります。狭い空間がなぜか妙にしっくりくるのです。

七十年以上も、そういう生活をつづけてきた結果、トイレで活字を目にすると反射的に便意をもよおすようになってしまいました。電子ブック全盛時代ですが、スマートフォンやタブレット端末やパソコンの文字では反応しません。まるでパブロフの犬です。

ある女流詩人の書斎

数年前のことですが、ロシアの高名な女流詩人アンナ・アフマートヴァの家を訪ねたことがありました。そこはアフマートヴァがスターリン時代に軟禁されて、表現の自由を奪われ、詩を書くことも厳しく禁止されていた住居で、いま記念館になっています。

私が訪れたアンナ・アフマートヴァ記念館は、サンクト・ペテルブルクの裏街の、うす汚れた小さな路地をくぐった所にありました。中庭の先に、黄色い壁の、じみなたたずまいの家がある。少女と言っていいような若い娘がひとり、そこで来館者に解説をし、案内をしていました。アフマートヴァの夫は反革命分子として銃殺され、息子も獄につながれ、彼女も当局ににらまれて行動を監視されていたのです。

「ここが、アフマートヴァの寝室兼書斎です」

と、白いブラウスの少女は、たどたどしい英語で説明をしてくれました。その部屋の壁の上には、小さなイコンが一点かかっていました。寝台がある。机がある。何とも簡素な部屋でした。詩を書くことを禁じられていたアフマートヴァは、そこでどんな本を読んでいたのだろうか、というのが、私の浅薄な好奇心でした。

机の上に三冊の本がありました。案内の少女はその本を指差して、

「彼女は、三冊の本しか手もとに置きませんでした。一冊は聖書、そしてもう一冊はプーシキンの詩集」

「もう一冊は?」

「シェークスピアです」

長い軟禁生活のなかで、彼女は、その三冊の本をくり返しくり返し読みつづけたのだといいます。聖書とプーシキンとシェークスピア。いかなる国家保安局とて、この三冊を読むことを禁ずることはできなかったに違いありません。

私はそのとき、突然、なにかとても恥ずかしい気持ちにおそわれたことをおぼえています。自分の部屋には、なんと数多くの本があることだろう。人間に必要なのは、ひょっとしたら三冊の本だけなのかもしれない。自分が、もし三冊の本を選ぶとしたら、いったい何を選ぶか。乱雑に積みあげている山のような本は、自分にとって、はたしてどれほどの重さを持っているのだろうか。

日本に帰ったら、とりあえず本を捨てよう、と、私はそのとき固く心に誓ったのです。

自分の三冊の本を選べるか

固い決心のもと、横浜の自宅にもどってきて、サンクト・ペテルブルクでの誓いを実行しようとすると、たちまち私は大混乱におちいってしまいました。いったい、どの本を捨てればいいというのか、どんな本を残せばいいのか。

『聖書』か『歎異抄(たんにしょう)』か、もう一冊は『梁塵秘抄(りょうじんひしょう)』か。いやドストエフスキーがある、トルストイがある。プーシキンはどうする。レールモントフは——いやそんな名著選びのような、単純なジャンル分けのような選択はできない。これまで私の人生を支えてくれた本は無数にある。むしろ無名の本に、どれだけ進むべき道の光を得たか。

山と積まれた書棚から、一冊ずつとりあげて、ページをめくってみる。いや、この本はとっておくべきだ。とても捨てるわけにはいかない。それでは、こちらの本はどうか。それも捨てられない。

日曜日の午後をまるまるあけて、なんとか本を捨てようと決心して作業にかかったのですが、結局、その日は何の成果も上げることなく終わってしまいました。

それでもやはり私は、人間にとって大事な本は三冊ぐらいではなかろうかと思っていました。その他の本は必要ない。なんとかして大胆に捨てるべきだ。本を読むことをはじめる前に、まず本を捨てることからはじめなければならない。

しかし、本を捨てるということは、ほとんど不可能に近い作業だとすぐにわかりました。まして究極の三冊を選びだすことなど、絶望的です。

ためしに、読者のみなさんも日曜日の一日、究極の三冊を残すために蔵書の整理をされてみてはいかがでしょうか。実際に捨てなくとも、三冊を選びだすというその作業に挑戦してみられるだけでも、孤独の時間を、黄金のときにしてくれるものと、私は思います。きっと得るところが大きいような気がします。

　この本は捨てる、この本は残す。そんなふうにして、ぎりぎりのところでもし三冊残せたら、それがいまの自分の本質を、もっともよく表現しているかもしれないのです。明治の宗教哲学者、清沢満之（きよざわまんし）は「座右の三冊」として、『阿含経（あごんきょう）』『エピクタテス語録』『歎異抄（たんにしょう）』をあげていました。

　もっとも、山のような蔵書に埋もれて暮らすのも、三冊の本だけを枕もとに置いて生きるのも、それはその人の勝手です。どちらがいいというわけではありません。でも一度、この本を残すか、捨てるか、と、迷ってみることは決して悪いことではなさそうです。

本を読む前に捨てる、捨てる前に選ぶ

　いまも私は、相変わらず捨てることのできない本の山のなかに、肩身を狭くして暮らしています。そもそも本を捨てるということ自体に、なにか罪悪感をおぼえずには

いられない世代であるらしい。

私が子供のころ、読みさしの本のページを折ったりすると、父親からいきなり頭を殴られたものです。本をまたいで歩いたりすると、父親は、ため息をついて、

「本をまたぐなんて――」

と、首をふったものでした。本を愛し、本に淫するのは優雅な趣味ですが、本は決してそれだけのものではありません。

私たちは、本に囲まれて暮らしています。しかし、本当に必要なのは、たくさんの本を次つぎと読み、それを本棚に並べておくことでしょうか。本を読むのはいい。読むのはいいですが、その本を、わざわざ保存しておく必要はありません。

一冊の本を読んで、いやでも頭のなかに残る一行があれば、それで十分なのです。忘れてしまうような内容は、もともと縁がなかったのだとあきらめる。一冊の本のなかの一行が頭に残るのは、なにげなく読んだ言葉が、錐(きり)をもむようにこちらの魂に突き刺さってくるときです。そういう言葉は、忘れようとしても忘れられるものではあり

ません。

赤線を引いたり、メモをとったり、いろんなことをしても忘れるものは忘れる。そういうものです。それは、ひょっとしてほんとうは必要がないものだったのかもしれません。

ほんとうに大事なことは、どんなに忘れようと頑張っても頭にこびりつきます。おんぶお化けのように、こちらにしがみついて離れないものなのです。そういうものにこそ価値がある、というふうに私は思います。

モノとしての本そのものが好きなら、読まなくてもいい。それを枕もとに置いて、その質感や装幀や、なんとも言えぬ本の香りを楽しむというのも、悪くない趣味です。蒐集（しゅうしゅう）もまた、孤独のユートピアの楽しみの一つです。

それにしても私たちは、あまりにも多くの本に囲まれすぎて生きてはいないか。本を読む前に捨てる、本を捨てる前に選ぶ。それは知的な胸躍る冒険です。

ひとつの遊びとして、休日の午後、ひとりで三冊の本を選ぶことを楽しんでみてはどうでしょうか。金のかからぬ楽しみといえば、これほど金のかからない遊びはありません。仮に、おれは蔵書なんかない、という人でも、探せば十冊や二十冊の本は出てくるでしょう。そのなかから三冊の本を選ぶというのは、じつにスリルに満ちた、けっこう困難な遊びでしょう。

そんなことを言いながら、私自身は相変わらず、学生時代に高田馬場の古本屋で買った本さえ捨てられずに、悶々(もんもん)と暮らしているのだから情けない。

いつか、みんな捨ててやるぞ、きっと三冊の本だけ残してやるぞ、と、自分の心に言い聞かせながら、たぶんそれは最後までできずに、この世を去ることになるのでしょう。

でも、それでもあきらめずに、今日はきっとやるぞ、と、心に決めて、三冊の本を選ぶ作業にとりかかってみることがあります。まだ一度として、三十冊までしぼりこめたことすらありませんが。

本を捨てるということは、ほんとうは、決死の覚悟がなくてはできないことです。しかし、その決死の覚悟をふるい起こしつつ、一冊の本を手に取るとき、私たちは、本というものの重さ、その大事さを、あらためて見いだすことになるのではないでしょうか。

私の入浴読書法

しかし、本は読むためのものです。ですから、私のような活字依存症にとっては、電車のなかも、絶好の動く書斎です。窓から差し込んでくる淡い日差しを受けて、快調に読書のスピードが上がっていきます。しかしいまでは、車内にそんな人は見かけません。

とくに若い世代は、みな本ではなくスマートフォンかｉＰａｄ、それと小さなパソコンとにらめっこをしています。単行本や文庫本などを読みふけっているのは、私や白秋期世代の人間ぐらいのものでしょう。

私はこれまでに、自分流の読書の楽しみかたをいろいろ開発してきました。目的地に着いて、その日の仕事を終え、家へ帰ると風呂に入ります。ぬるめのお湯にたっぷり一時間、文庫本なら楽に一冊読み通すことができます。湯のなかでミカンをむきながら文庫本のページを口でめくったりするのは、かなりの修練が必要です。

自慢ではありませんが、ちょっとご披露してみましょう。

まずバスタブの上にプラスチックの板を渡して、乾いたタオルをひろげる。本が濡れないように二重にタオルを折って、本をのせる。湯のなかに尻をのせる台を沈める。ちょうどみぞおちの下あたりまで、湯につかる高さが理想的です。湯温は低く目。

風呂場の扉は開けはなしておく。湯気で眼鏡がくもるのを防ぐためです。念のため、本の背にタワシでもあてがって、やや角度をつけたほうが読みやすい。

おもむろにぬるい湯に下半身を沈めて、本のページをめくる。読書に疲れたら、温かくなったミカンでもむいてひと休み。温州ミカンならぬ温泉ミカンというわけです。皮も捨てずに湯船に浮かべておきます。かすかな果物の香りと、個室の静寂。

気持ちが良くなり、眠くなってくることもある。

歴史の本は眠くなるがおもしろい。読みつづける。眠くなる。

「おっと、そういえば漱石の猫は、酔っ払って水鉢に落ちて死んだらしい。溺死（できし）なんて、そんな無様な死に方は、俺は絶対にしないぞ——」

天井からポトリ、ポトリ、ポトリと水滴の落ちる音のみが聞こえて、気づかぬままに三時間、四時間と、至福の時が過ぎてゆく。ふやけた頭脳に、難解な文章は、なんの抵抗もなく吸いこまれてゆくのです。

エピローグ――あとがきにかえて

いよいよこの世と訣別するとき、いったい自分は何を思うのだろうかと考えてみます。

ある信仰篤(あつ)いキリスト者が、死の床で最期にこうつぶやいた、という話を聞いたことがあります。

「雑事に埋もれた一生であった」

その気持ちは、よくわかるような気がします。わが身をふり返ってみたとき、だれしも同じ思いにとらわれない者はいないでしょう。「自分はこれだけの事をなしとげた。じつに充実した一生だった」などと、満足げにつぶやいて死んでいくなどというのは、思いあがりもはなはだしいでしょう。人が一生のうちになしとげられることなど、知れたものです。

私には「雑事に終わった」と、ため息をついた人の思いがよくわかります。

スコットランドの笑い話のひとつに、こういうのがあります。

あるゴルフ熱狂者がいて、将来の心配といえば、天国にいってゴルフがやれるかどうかということだけ。そこで教会にいってたずねた。

「あの、天国にもゴルフ場があるんでしょうか」

すると牧師は、

「では、神さまに聞いてきますから待っててください」

やがて帰ってきた牧師は、ニッコリ笑って、

「ご心配無用です。ちゃーんとゴルフ場はありましたよ。しかも、来週の土曜日に、あなたのお名前でプレイする予約がはいっていました。確認しましたから、ご心配なく」


げに気になるのは、自分の天寿です。それまでの時間を、自分自身のために使う。それが「白秋期」の目的ではないでしょうか。

五木寛之

本書は二〇一八年の六月から十一月にかけて行われた著者への取材、インタヴューをもとに構成・編集したものです。

編集　高丘　卓
DTP　あおく企画

五木寛之　いつき・ひろゆき

1932年福岡県生まれ。朝鮮半島で幼少期を送り、47年引き揚げ。52年早稲田大学ロシア文学科入学。57年中退後、編集者、ルポライターを経て、66年『さらばモスクワ愚連隊』で小説現代新人賞、67年『蒼ざめた馬を見よ』で直木賞、76年『青春の門　筑豊篇』ほかで吉川英治文学賞、2010年『親鸞』で毎日出版文化賞特別賞。『風の王国』、『生きるヒント』の他、『大河の一滴』、『林住期』、『孤独のすすめ』、『百歳人生を生きるヒント』など著書多数。

日経プレミアシリーズ｜392

白秋期（はくしゅうき）

二〇一九年一月二三日　一刷
二〇一九年三月一三日　五刷

著者　五木寛之
発行者　金子 豊
発行所　日本経済新聞出版社
https://www.nikkeibook.com/
東京都千代田区大手町一―三―七　〒一〇〇―八〇六六
電話（〇三）三二七〇―〇二五一（代）

装幀　ベターデイズ
印刷・製本　凸版印刷株式会社

ISBN 978-4-532-26392-8　Printed in Japan

日経プレミアシリーズ 357

百歳人生を生きるヒント

五木寛之

いま、日本という国は未曾有の長寿時代を迎えている。経済の不安、衰えていく体の問題、介護は誰がしてくれるのか。そこにあるのは、これまでの哲学や思想で語ることのできない、１００歳までの長い道をいかに歩むかという重い課題である——。ミリオンセラー『生きるヒント』から四半世紀を経て著者が語り下ろす、まったく新しい生き方の提言。

日経プレミアシリーズ 379

残念な相続

内藤　克

「大した財産もないし、うちは関係ない」。こう思っている人ほど、実は困るのが相続。親の面倒を見たら遺産の上乗せアリ？　相続放棄したら借金はなくなる？　税務署が目を光らせる「名義預金」とは？　遺言があるのになぜもめる？　相続した実家の節税策は？　ＳＮＳから資産がバレる？……ベテラン税理士がリアルな事例をもとに相続対策の危険なポイントを解説。

日経プレミアシリーズ 331

免疫革命　がんが消える日

日本経済新聞社　編

がん治療の「最終兵器」として注目を集める免疫薬「オプジーボ」。どういう人に、どれくらい効果があるのか。どんなしくみなのか。副作用の危険性は高いのか。薬価（公定価格）はなぜ引き下げられたのか。どんな類似薬が出てくるのか——日経の専門記者がもっとも知りたい疑問に答える。